Kate Hodges

Bruxas Guerreiras Deusas

AS MULHERES MAIS PODEROSAS
DA MITOLOGIA

Ilustrações:
Harriet Lee-Merrion

Tradução:
Maíra Mendes Galvão

LIVROS DA RAPOSA VERMELHA

5   INTRODUÇÃO

CAPÍTULO 1
BRUXAS
Mulheres sábias, adivinhas, curandeiras

10   HÉCATE
Deusa grega

14   MORGANA
Feiticeira britânica

18   CIRCE
Feiticeira grega

22   BABA YAGA
Bruxa eslava

26   CASSANDRA
Profetisa grega

30   PÍTIA
Sacerdotisa grega

34   PEHTA
Deusa do sul da Alemanha e da Áustria

38   MULHER BÚFALO BRANCO
Espírito indígena dakota norte-americano

42   RHIANNON
Deusa celta

CAPÍTULO 2
GUERREIRAS
Lutadoras, estrategistas, justiceiras

48   ÁRTEMIS
Deusa grega

52   ANAT
Deusa semita levantina

56   DIVOKÁ ŠÁRKA
Guerreira da Boêmia

60   FREYA
Deusa nórdica

64   AS FÚRIAS
Deusas greco-romanas

68   CIHUATETEO
Espíritos mesoamericanos

72   KALI
Deusa hindu

76   YENNENGA
Princesa africana mossi

80   JEZEBEL
Rainha judaico-cristã

CAPÍTULO 3
PORTADORAS DE DESGRAÇAS
Destrutivas, devastadoras, agourentas

86   HELA
Deusa nórdica

90   MORRIGAN
Deusa celta

94   AS VALQUÍRIAS
Espíritos nórdicos

98   PONTIANAK
Espírito malaio

102 BAOBHAN SITH
Vampira escocesa

106 LILITH
Demônio judaico

110 LOVIATAR
Deusa finlandesa

114 HARPIAS
Monstros da mitologia grega

118 **MEDUSA**
Monstro grego

122 **LA LLORONA**
Espírito mexicano

126 **BANSHEE**
Espírito celta, fada

130 **FUTAKUCHI-ONNA**
Monstro sobrenatural japonês

CAPÍTULO 4

ESPÍRITOS ELEMENTAIS

Lançadoras de raios, criadoras do planeta

136 **TIAMAT**
Deusa babilônica

140 **MAMI WATA**
Deusa da África e das Américas

144 **PELE**
Deusa havaiana

148 **SELKIES**
Criaturas escocesas

152 **MARI**
Deusa basca

156 **A SENHORA DE LLYN Y FAN FACH**
Fada galesa

160 **SERPENTE ARCO-ÍRIS**
Divindade de gênero fluido aborígene e nativa do estreito de Torres, Austrália

164 **MAZU**
Deusa do mazuísmo, do budismo, do taoísmo, do confucionismo

168 **EGLÉ, A RAINHA DAS SERPENTES**
Mulher lituana

CAPÍTULO 5

ESPÍRITOS BENFEITORES

Divindades magnânimas, espíritos generosos, deusas domésticas

174 **TĀRĀ**
Deusa budista/hinduísta

178 **MADDERAKKA**
Espírito lapão

182 **MOIRAS**
Encarnações do destino na Grécia Antiga

186 **BRÍGIDA**
Deusa e santa celta

190 **ERZULIE DANTOR E ERZULIE FREDA**
Deusas do vodu

194 **BONA DEA**
Deusa romana

198 **AME-NO-UZUME**
Deusa japonesa

202 **INANNA**
Deusa mesopotâmica

206 **MA'AT**
Deusa egípcia

210 **LIÊU HẠNH**
Deusa vietnamita

214 **MAMAN BRIGITTE**
Deusa do vodu

218 GLOSSÁRIO
220 OUTRAS LEITURAS
221 BIBLIOGRAFIA DAS CITAÇÕES
222 *PLAYLIST* DAS MULHERES MITOLÓGICAS
223 AGRADECIMENTOS E BIOGRAFIA DAS AUTORAS

INTRODUÇÃO

"Somos as netas das bruxas que não
conseguiram queimar."

Deusas, fantasmas, bruxas, monstros. As histórias mitológicas e fantásticas sempre me fascinaram, principalmente aquelas com protagonistas femininas – como as que eu conhecia pelos filmes. Enquanto minhas amigas se encantavam com Michael J. Fox e Tom Cruise, eu assistia embasbacada a *Fúria de titãs* (a versão de 1981), em que Perseu enfrenta diversos perigos para salvar a princesa Andrômeda. Porém, não foi o ator Harry Hamlin quem me seduziu, e sim a frágil figura da Medusa; essa criatura com cabelos de serpente – criada pelo artista e animador Ray Harryhausen – que arrastava seu corpo por um templo subterrâneo, iluminado pelo fogo e pela luz verde que irradiavam de seus olhos. Esse ser sinistro é muito mais fascinante do que o insosso amontoado de músculos que a vence. Ela simplesmente me hipnotizou. Quis conhecer sua história, descobrir quais eram suas motivações. Por que, mesmo morta, conservava o poder aterrorizante de transformar em pedra quem quer que olhasse para ela? E o mais importante: por que as pessoas a odiavam?

Depois vieram as bruxas. Fui cativada por Helen Mirren como Morgana na epopeia arturiana *Excalibur* (1981); pelos aldeões amáveis de *Children of the Stones* (1977); pela Bruxa Branca de *As Crônicas de Nárnia* (1950-56); Fairuza Balk em *Jovens bruxas* (1996); pela Bruxa do Oeste de *O Mágico de Oz* (1939); incluindo a doce, porém malvada, Minnie Castevet no filme *cult O Bebê de Rosemary* (1968). Mas todas essas representações eram simplificações, caricaturas dos traços individuais de cada uma; e mesmo assim eu torcia por elas. Admirava a segurança, a sabedoria, o poder dessas personagens; além disso, elas pareciam estar se divertindo muito mais do que os simplórios heróis e heroínas que acabavam por derrotá-las.

Fui uma leitora voraz de contos populares, como as histórias de *O Mabinogion* galês e da radiante princesa-fada Rhiannon ou dos ciclos mitológicos irlandeses, com a guerreira Morrigan. Descobri fascinada as sedutoras mulheres da literatura clássica: desde as bruxas e sábias Circe, Hécate e Cassandra até a atlética Ártemis. E também devorei contos situados em lugares longínquos: a fúria do redemoinho de Kali, nos relatos hindus; Anat, dos semitas; a colérica Pele, do Havaí. Trata-se de mulheres que vão além do estereótipo dos cabelos longos e do sorriso sedutor, cujas histórias fascinantes sobreviveram através dos milênios.

Para mim – uma menina de dez anos que só conhecia uma super-heroína, a Mulher Maravilha – essas criaturas mitológicas foram uma revelação. Elas lutavam, se vingavam; eram selvagens. Algumas eram até adoradas como deusas! E, no fim das contas, são as suas peculiaridades, o seu poder e os seus erros que as tornam relevantes para as mulheres do presente.

SELEÇÃO E VARIEDADE

Bruxas, guerreiras, deusas oferece um novo contexto para os incríveis mitos de algumas dessas mulheres. Uma seleção de cinquenta celebridades universais, cujas histórias reverberam mais alto, que refletem experiências profundas, tanto no divino quanto no profano. Esses seres mitológicos possuem habilidades e personalidades que podem servir de inspiração a todos, pois são mulheres positivas e fortes que, apesar de suas idades milenares, continuam a ser modernas e atrevidas. Tentei reunir os relatos mais autênticos e originais – em muitas ocasiões, não se parecem em nada com as versões cinematográficas que fizeram mais sucesso – e descobrir por que continuam sendo narrados repetidamente ao longo dos séculos. Reunir essas criaturas incríveis neste livro foi como comparecer a uma festa e se divertir com Freia, beber um *drink* com Futakuchi-onna, levantar a barra da saia e dançar com Ame-no-Uzume, e acabar nadando sem roupa ao lado de uma *selkie*.

ENCONTRE SUA TRIBO

Dividi os contos por seções. O primeiro capítulo foi dedicado a **bruxas**, sábias, adivinhas e curandeiras. Mulheres com poderes e conhecimentos extraordinários que, em muitos casos, se desviaram das "normas" e foram taxadas de malvadas. Hécate, Baba Yaga ou a gélida Pehta materializavam os temores dos homens, que suspeitavam que essas transgressoras poderiam ameaçar o *status quo* do gênero masculino.

Depois vêm as **guerreiras**, estrategistas e defensoras da justiça; mulheres que não só aniquilam os inimigos, mas também lutam contra as questões de gênero para erradicá-las. A princesa mossi Yennenga, por exemplo, se equiparava aos homens mais selvagens no campo de batalha.

Entre as **portadoras de desgraças** estão as destrutivas, as devastadoras e as agourentas. Essas são vingativas, as mulheres tradicionalmente malignas (entre elas, as harpias e a Medusa), cujos nomes eu reivindico. Podem ser monstros, mas são os "nossos monstros".

A seção **espíritos elementais** celebra as lançadoras de raios e as criadoras do planeta. As *selkies*, a Serpente Arco-íris e a deusa Mari correm livres, se desvencilhando das expectativas que se atribuem a seu gênero e surpreendendo a sociedade com suas decisões e seus poderes. Lideram a luta quando a espécie humana é ameaçada.

Por último, os **espíritos benfeitores**, as mulheres a quem é fácil amar. São aquelas divindades magnânimas, espíritos generosos e deusas domésticas. Maman Brigitte, as moiras, Bona Dea, essas mulheres que colocam o bem comum antes do seu próprio bem. Todavia, todas elas possuem um lado obscuro, fragmentos de realidade com que podemos nos identificar e que refletem aspectos da nossa feminilidade.

O IMPORTANTE É COMO SE CONTA

Enquanto fazia pesquisas para escrever este livro, me diverti vendo como as histórias adquirem complexidade ou se modificam ao passar de um país a outro em cada nova versão. À medida que o relato de Inana se espalha pelo mundo, se converte em Ishtar, na Sauska do Império hitita; o mesmo acontece com a Vênus romana, que se origina da Afrodite grega. O aspecto triplo da figura da donzela-mãe-anciã, primavera-verão-inverno, personificada por Morrigan, aparece em toda a Europa e vira parte da cultura pop. Sua marca está nas moiras gregas, nas nornas nórdicas, inclusive nas três bruxas que preveem o futuro de Macbeth.

Muitas vezes, um relato fala mais sobre quem o escreve do que sobre seus personagens. Essas mulheres foram defendidas, desprezadas e até demonizadas em nome da política, da religião e do patriarcado. As deusas, que outrora reinaram onipotentes, foram derrubadas pelos que quiseram transformá-las em algo mais próximo a seus próprios interesses. Porém, as personalidades originais dessas mulheres seguem brilhando.

Seus nomes são sussurrados nas historinhas para dormir em todo o mundo, resistem ao passar do tempo e cativam a imaginação de todos, independentemente de gênero, idade ou procedência. Essas histórias, esses arquétipos e essas fábulas são a fundação da nossa cultura e reverberam entre novos públicos que recorrem a elas em suas criações, sejam escritores, cineastas, dramaturgos ou músicos (na página 222, há uma lista de músicas). Esses relatos, além de constituírem um vínculo vigoroso com o passado, são poderosos modelos contemporâneos: sua coragem, sua luta, suas esperanças têm hoje mais sentido do que nunca. Essas mulheres fabulosas (no sentido mais clássico da palavra) podem vir de um passado obscuro, mas sinalizam o caminho para o futuro. Demos graças às deusas por ele!

Kate Hodges

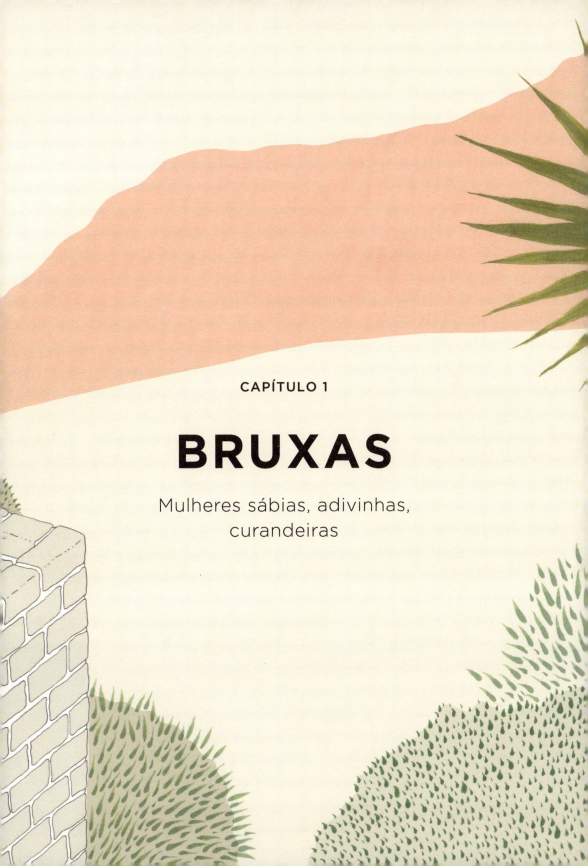

CAPÍTULO 1

BRUXAS

Mulheres sábias, adivinhas, curandeiras

HÉCATE

DEUSA GREGA

Também conhecida como
Hekate

Talvez mais do que qualquer outra figura feminina, Hécate foi o primeiro modelo do que é uma bruxa. Costuma vestir túnicas escuras e diáfanas e vagar pelos cemitérios à luz da lua, acompanhada de uma matilha de cães selvagens. Seu arquétipo sinistro fascinou grandes artistas ao longo dos séculos.

O aspecto distintivo de Hécate ainda atrai os amantes do obscuro. Hoje em dia, o mais provável é que encontremos seu nome junto à *tag* "bruxa" nas redes sociais. Todavia, não é preciso se aprofundar muito no assunto para descobrir que ela foi muito mais. Hécate era conhecida como uma mulher compassiva e inteligente, dedicada a apoiar suas colegas de gênero nos momentos vitais de maior vulnerabilidade; além disso, defendia os que viviam às margens da sociedade.

Acredita-se que o mito de Hécate tenha nascido fora da Grécia; talvez na Trácia, na Anatólia ou até mesmo no Egito, onde pode ter se originado como Heket, a deusa egípcia da fertilidade, com cabeça de rã. Sua história pode ter chegado até os gregos por meio dos sumérios e dos israelitas, que teriam acrescentado à figura alguns dos atributos de Lilith – um de seus principais demônios

(ver página 106) –, tais como a confiança em si e a paixão pela noite. Por volta do ano 700 a.C., ela já havia sido absorvida pela mitologia grega e descrita na *Teogonia*, de Hesíodo, como uma "deusa gloriosa" que proporcionava rica fartura aos pescadores; grande cuidadora de todos os seres vivos, aumentava a fertilidade e concedia vitórias a seus exércitos favoritos.

Hécate era membro do panteão grego dos titãs, divindades que, com o tempo, foram derrotadas pelos deuses do Olimpo de Zeus em uma épica batalha que determinou quem governaria o universo. Hécate ajudou os deuses olímpicos durante a guerra e assim conseguiu se tornar uma deusa honrada e respeitada por Zeus. Talvez tenha sido por causa de sua origem fora do cânone de deuses principais que ela driblou a balbúrdia e as fofocas do Monte Olimpo para viver na solidão.

Naquela época, venerava-se Hécate como um espírito generoso. Era uma deusa centrada na mulher, uma guardiã dos lares. Encontrava-se sua imagem mais nos pilares das portas das casas do que nos grandes templos. Muitas vezes, ela era representada com um halo de estrelas e duas tochas. Essa Hécate era a padroeira das parteiras, das curandeiras que ajudavam com a fertilidade, e dos coveiros; também protegia os recém-nascidos e os meninos que chegavam ao limiar da maturidade. Acredita-se que muitos de seus sacerdotes e sacerdotisas tenham sido pessoas marginalizadas, a maioria ex-escravizados e mulheres.

RAINHA DO INFERNO

Todavia, durante o século V a.C., a reputação de Hécate ganhou contornos sombrios. Ela se converteu em uma divindade ctônica, isto é, das regiões infernais. Sófocles e Eurípides a vincularam à morte, à bruxaria e à necromancia. É possível que esses filósofos patriarcais, ao desconfiar da poderosa influência de Hécate sobre as mulheres, a tenham demonizado, transformando-a em alguém a ser temida. Criaram uma associação entre Hécate, a sacerdotisa Medeia e as mulheres de Tessália. Atribuíam-se a essas mortais poderes sobrenaturais como "baixar a lua", já que tinham conhecimentos de astronomia e eram capazes de prever eclipses; ademais, sabiam muito sobre ervas e remédios naturais. Em outras palavras, possuíam a sabedoria popular das mulheres que, mais tarde, a história chamaria de "bruxas".

As tochas de Hécate iluminavam os caminhos para lugares sombrios e tortuosos. Eram habituais as suas expedições noturnas por cemitérios ou ruas vazias, na companhia de fantasmas, matilhas de cães vorazes ou, às vezes, das fúrias (ver página 64). Apesar desses companheiros noturnos e de seus mascotes (uma cadela preta e um furão), Hécate era um coração solitário; optou pela virgindade e nunca se amarrou à vida doméstica.

Essa deusa foi associada a encruzilhadas, pontos em que vários caminhos se cruzam, que diferentes culturas se identificaram como lugares de encontro de vários mundos, onde os espíritos circulam e as almas ficam vagando (ver "Cihuateteo", página 68). As pessoas deixavam oferendas de doces e vinho nessas interseções e sacrificavam cachorros nos rituais em sua honra (os cães eram sagrados para Hécate; segundo Virgílio, os uivos anunciavam sua chegada). Penduravam-se máscaras de três cabeças com o seu rosto nos mastros das cruzes. Talvez por esse motivo tenham começado a representá-la como triunvirato, um ser que podia ver simultaneamente o passado, o presente e o futuro, e inclusive se comunicar com os mortos.

A reputação obscura de Hécate permaneceu por milênios; seus atributos positivos foram se encolhendo com o passar do tempo. Foi representada como a rainha do inferno no texto gnóstico *Pistis Sophia*, do século IV, e invocada por Shakespeare no monólogo da adaga em *Macbeth*: "As feiticeiras fazem o rito de Hécate...". Apesar da representação mais nuançada feita por Blake em sua gravura em cores intitulada *A noite de júbilo de Enitharmon (Hécate)*, onde aparece junto a mais duas figuras, essa deusa não deixou de ser considerada uma imagem unidimensional da bruxaria.

A reputação desgraçada de Hécate foi ligeiramente recuperada nos últimos tempos. Isso ocorreu em parte pela aparência gótica da deusa, que, graças a seu *glamour*, tornou-se musa de estilistas contemporâneos. Jean-Paul Gaultier deu seu nome a um casaco preto de plumas; Mary Katrantzou criou uma coleção de roupas baseada nas deusas e sacerdotisas gregas, cuja protagonista foi Hécate; e Alexander McQueen criou toda uma coleção inspirada em sua estética obscura.

Porém, a retomada dessa deusa não se deve somente ao brilho das passarelas. Despojada da roupa e da elegância, nela se descobre a compaixão. Sua vida noturna e sua preferência por espaços limítrofes a tornam atraente para grupos minoritários, os que vivem às margens da sociedade, como os sem-teto, os trabalhadores sexuais, a comunidade LGBTQIAPN+, as pessoas com questões de saúde mental ou os que optam por praticar qualquer crença de forma diferente.

Sua força inquebrantável nas maiores transições da vida (o nascimento e a morte) a torna uma companheira perfeita, tanto em etapas felizes quanto nas mais sombrias da existência. A morte é o último grande tabu da sociedade moderna, e Hécate ajudou os seres humanos por séculos a enfrentar sua derradeira jornada. É reconfortante pensar que, talvez, ainda esteja presente para segurar as mãos das mulheres e iluminar com suas tochas a escuridão que pode tomar conta delas quando dão à luz, amamentam os filhos ou têm de enfrentar o final da vida.

MORGANA

FEITICEIRA BRITÂNICA

Também conhecida como
Morgen
Morganna
Morgain(e)
Morgane
Morgant(e)
Morgana, a Fada

A ambivalência moral e sexual de Morgana deu vazão a diversas formas de retratá-la ao longo do tempo: como curandeira, necromante, erudita ou criatura de aparência cambiante. Trata-se de uma das personagens principais das lendas do Rei Artur, algumas vezes, sua protetora e, em outras, sua inimiga. Essa total volubilidade é o que vem fascinando seus seguidores há centenas de anos.

As origens de Morgana estão encobertas por tanta bruma quanto o lago de Avalon. Teria surgido da deusa celta Morrigan? Seria seu nome uma deformação de Modron, a esposa de Urien e mãe de Yvain, na lenda galesa? Ou apareceu como personagem nas lendas épicas da Baixa Idade Média, uma rainha das fadas que podia se locomover tanto por cima como debaixo d'água?

Seus primeiros passos na mitologia arturiana foram dados em *Vida de Merlin*, de Godofredo de Monmouth, escrito em 1150. Nessa obra, além de ser uma poderosa curandeira, ela é a mais velha das nove irmãs que governam a ilha etérea de Avalon. Essa Morgana era capaz de se transformar em animal, manifestando-se como uma harpia ou uma donzela, e "voar, como Dédalo, com asas artificiais". Destaca-se por sua inteligência e destreza em âmbitos diferentes, como matemática e astronomia. Os homens de Artur confiam cegamente em Morgana e a levam a seu rei, mortalmente ferido, para que ela o salve de seu trágico final. Godofredo retrata essa maga e feiticeira como uma personagem amável, de força e solidez extraordinárias.

Na romântica interpretação francesa do mito feita por Chrétien de Troyes, ela se apresenta como a irmã de Artur e se chama "Morgana, a Sábia". Não é mais governante da ilha, mas tem uma relação com o lorde Guiomar, que aparece como senhor de Avalon nessa versão. Dessa forma, seu poder está subjugado, manipulado por escritores medievais, relutantes em acreditar que uma mulher possa ser poderosa ou inteligente.

Ainda assim, continua sendo uma personagem relativamente benevolente cuja presença na literatura medieval é limitada, até a história de Artur ser reescrita dramaticamente nas novelas francesas do ciclo da *Vulgata arturiana*, escrita entre 1210 e 1230, cuja autoria costuma ser atribuída a monges cistercienses fundamentalistas. Os cistercienses se dedicavam principalmente a erradicar os hereges: desprezavam as mulheres (alguns membros da ordem inclusive argumentavam contra a existência de uma alma feminina) e usavam os contos arturianos como propaganda da religião cristã. Morgana encarnava tudo o que os aterrorizava sobre as velhas formas de adoração feminina: uma mulher com conhecimentos e dons, que não se envergonha de seu corpo nem de seus desejos, em uma sociedade que escanteava a presença feminina. Transformaram a personagem relativamente benevolente de Morgana em uma bruxa tão sedutora quanto sinistra.

NÊMESIS DE ARTUR

A Morgana dos cistercienses é a meia-irmã mais velha de Artur, tia do traidor Mordred; uma mulher bela e feia ao mesmo tempo, muito trabalhadora e com certeza a melhor aprendiz de Merlin. Porém, também era considerada "a mulher mais luxuriosa de toda a Grã-Bretanha e a mais lasciva". O alvo dessa luxúria se torna *sir* Guiomar, sobrinho da rainha Guinevere, que, ao descobrir a aventura – e talvez com ciúmes do parentesco entre Morgana e Artur –, separa os amantes e desengatilha, consequentemente, o lado vingativo da feiticeira britânica. Morgana convence Merlin a lhe ensinar as artes das sombras para que assim possa revelar a aventura entre Guinevere e o cavaleiro Lancelot, a quem, mais tarde, tentará seduzir.

Nas obras posteriores da saga, a personagem de Morgana tem sua maldade intensificada: graças a seus poderes, rouba a espada mágica Excalibur e a usa contra Artur para provocar sua queda, e só Viviane, a Senhora do Lago, consegue impedi-la. Porém, ao final do ciclo arturiano, Morgana ressurge como uma das mulheres que acompanham Artur em sua última jornada a Avalon. Em 1485, quando se publica *A morte de Artur*, de Thomas Malory, o modelo cisterciense já estava estabelecido. A Morgana de Malory é inclusive mais reducionista. Não há nada que dê início a seu conflito com Guinevere. Morgana aparece simplesmente como uma personagem distorcida e malévola, a nêmesis de Artur, o que evidencia o medo dos homens quanto ao conhecimento e ao poder das mulheres no mundo medieval. Paralelamente, na Alemanha se publicava o *Malleus Maleficarum* (*O martelo das feiticeiras*). Ambos os livros avivaram o fervor antimagia e pressagiaram uma guinada nos julgamentos de bruxas no Reino Unido. Neste último, podem-se encontrar vestígios da versão mais antiga de Morgana, já que é ela que transporta o corpo de Artur para Avalon.

Morgana continuou sendo uma figura poderosa na literatura. Aparece em poemas do Renascimento italiano, na literatura francesa e no poema épico *A rainha das fadas*, do escritor inglês Edmund Spenser. Essa personagem maga e feiticeira ressurgiu graças à grande interpretação de Helen Mirren no filme *Excalibur* (1981). Recentemente, apareceu como vilã nos quadrinhos da Marvel e da DC.

> "Os homens, por mais que testemunhem o contrário, acreditam que o sangue é mais grosso que a água e que uma mulher bonita não pode ser malvada."
> — JOHN STEINBECK

Suas características são sólidas o bastante para admitir essas constantes reinterpretações. O perfil de uma mulher sexualmente segura, inteligente e dotada de habilidades mágicas de cura; ela foi reimaginada desde benevolente até malvada, mas sem perder seu poder e seus diversos conhecimentos. Os autores mais covardes transformaram Morgana em um arremedo ruim e vingativo, a única forma com que conseguiram lidar com sua independência.

Todavia, todas as suas encarnações oferecem algo alentador; especialmente, a sábia curandeira das primeiras representações, com sua compreensão do poder do divino feminino. A reinterpretação mais recente da Morgana sinistra também tem muitos méritos: conhecimento político, um inteligente pensamento estratégico e destrezas acadêmicas; sem esquecer do controle e da confiança em seus dotes de sedução. Inclusive, essa tendência à vingança nos recorda que nem tudo é doçura e luz, e que ela possui uma fúria selvagem que inspira temor e respeito. Em todo caso, as contradições de Morgana são, exatamente, aquilo que a torna ao mesmo tempo tão misteriosa e tão familiar. Desde a deusa da maternidade e da cura até a inimiga irascível e poderosa, Morgana encarna ambições secretas e doces.

CIRCE

FEITICEIRA GREGA

Também conhecida como
Kirke

Com sua varinha, seus encantamentos, suas ervas e seus poderes de transfiguração, Circe foi a primeira bruxa da literatura ocidental. A deusa serviu de modelo por séculos para as feiticeiras e, mesmo sendo uma loba solitária, tinha um coração muito humano.

Ela foi criada no seio de uma família de poderosas magas, nas periferias da mitologia grega. Circe era filha de Perseis, uma ninfa oceânica, e de Hélio, o titã que personificava o sol. Sua irmã, Pasífae, era uma bruxa herborista, além de mãe do Minotauro. Seu irmão Eetes era guardião do velo de ouro, e Perses, seu terceiro irmão, foi assassinado por Medeia, uma feiticeira poderosa que era sobrinha de Circe e esposa de Jasão, famoso por ser um dos argonautas. Ou seja, a clássica família problemática de divindades.

As narrativas indicam que Circe desfrutou de uma vida idílica e solitária na ilha de Éa. Segundo algumas fontes, foi mandada em exílio para lá por seu pai depois de assassinar o próprio marido, o príncipe da Cólquida. Outros relatos contam que Circe passava seus dias

dedicada a invejáveis feitiços, coletando ervas no bosque denso que rodeava seu palácio, acompanhada de leões e lobos, seus adorados companheiros, adestrados por meio de magia. Em uma ocasião, apareceu um visitante fortuito. Como conta Ovídio, Glauco, uma divindade do mar, pediu um conselho amoroso; havia se apaixonado pela ninfa Cila, mas ela não gostava de sua aparência, metade peixe metade humana. Circe, no entanto, se encantou com Glauco e decidiu derramar uma poção nas águas em que se banhava a bela Cila, e a transformou em um monstro com seis cabeças de cão, doze tentáculos e uma cauda de gato.

FAZENDO PORCARIAS

Talvez seu momento de estrela tenha sido a *Odisseia*, de Homero. Nela, Ulisses e seus homens desembarcam em Éa, exaustos depois de dez anos no mar. Haviam perdido onze de seus doze barcos na última batalha, contra os lestrigões, os gigantes comedores de homens. Chegando à ilha, Ulisses enviou uma missão de reconhecimento que encontrou o palácio de Circe.

Em outros textos, descreve-se Circe como uma malvada ardilosa que entretém os homens de Ulisses com sua hospitalidade, flerta com eles, os alimenta e canta para fazer com que se esqueçam do lar e das esposas… E então ela se volta contra eles, agita sua varinha e os transforma em porcos. Porém, parece mais realista a leitura que afirma que Circe, vulnerável, porém cautelosa, ao se dar conta de que eles a venciam pela quantidade, ataca-os de forma preventiva; talvez, com seu conhecimento sobre ervas, tenha colocado um alucinógeno na comida para que tivessem a impressão de que eram bichos. Converter a tripulação em porcos recorda o lema da segunda onda feminista e do grito "porcos machistas", o que reforça o quanto as ações de Circe reverberaram.

Ao não ter notícia de seus homens, enfim, Ulisses adentra a ilha, onde encontra Hermes, o mensageiro dos deuses, que lhe recomenda comer mandrágora, planta que o deixaria imune aos feitiços de Circe. Também o adverte de que, para dominá-la, terá de dormir com ela. Ulisses vai até Circe e bebe uma poção que ela lhe oferece e que, de fato, não faz efeito nenhum; então, ele a desafia, colocando a espada em sua garganta (é importante recordar que, nesse ponto, é Ulisses quem narra a história). Ele faz questão, com um discurso cheio de eufemismos, de dizer que Circe se submete voluntariamente: "Embainhe a arma. Nos misturaremos e faremos amor em nosso leito. A confiança mútua nasce do jogo e do amor."

Com a mesma falta de modéstia, Ulisses conta que, imediatamente depois de dividirem a cama, Circe se apaixona por ele e liberta seus homens do feitiço. Todos ficam um ano na ilha, segundo Ovídio, felizes. A versão de Hesíodo conta inclusive que, durante esse período, Circe tem três filhos com Ulisses. Mas, depois de doze meses, seus homens o convencem e fazem a viagem de regresso a casa. Outra interpretação possível do que Circe realmente sente por Ulisses pode ser vislumbrada em suas palavras de despedida, nas quais sugere que ele vá para o inferno: "Tens de empreender uma viagem à morada de Plutão e da temível Perséfone para consultar a alma do tebano Tirésias, adivinho cego." Seria por causa de sua dor pela partida de Ulisses? Ou por ter se visto forçada a aguentar aqueles homens por um ano inteiro? Seria Circe, como muitos relatos indicam, uma cruel sedutora que aprisionou o herói lendário e seus homens na ilha contra a vontade deles?

A tensão sexual e política que poderia existir na ilha de Circe tem fascinado escritores há séculos, desde Sócrates e Ovídio até James Joyce, que fizeram reverberar sua história. Há esculturas de Circe espalhadas pelo mundo e seu retrato aparece, com leves diferenças, em inúmeras galerias; e inclusive há balés que interpretam suas façanhas. Ao longo dos séculos, ela foi utilizada como bode expiatório: os homens se transformaram em porcos por causa dos desejos sexuais de Circe ou por sua misandria, pois ela foi retratada como sedutora, bruxa e devoradora de homens, com poderes e conhecimentos para satisfazer sua avidez por eles.

Porém, com o tempo, a personagem de Circe foi ganhando maior profundidade. Em 1999, Carol Ann Duffy lhe deu voz em um poema perversamente divertido que narra uma receita com porco; enquanto o romance *Circe*, escrito por Madeline Miller, que ficou em primeiro lugar de vendas em 2018, detalha a intricada história de uma mulher que trabalha e lida com as preocupações mortais da maternidade.

Apesar de sua distância da nossa sociedade, a condição de Circe reflete a situação atual de muitas mulheres contemporâneas. Ela vive sozinha, satisfeita com seus enormes gatos e aprendendo coisas novas por conta própria; é a independência personificada. Porém, quando as pessoas escolhem entrar em seu mundo (e, como seu lar é uma ilha, só podem fazer isso por vontade própria), ela se defende e se mantém firme. É uma estrategista com muitas armas: sua voz profunda comanda; sua magia protege.

Ao fim e ao cabo, ela é mortal. E, ainda que às vezes seja descrita como uma deusa, aprendeu sozinha tudo o que a torna poderosa: exerce, como qualquer ser humano, suas capacidades. O carnal está presente em sua história: instrumentaliza seu corpo, transforma os homens em bestas e dá à luz seus filhos. É uma bruxa telúrica, porém satisfeita consigo mesma, com seus animais de companhia e suas ervas medicinais. Talvez seja simplesmente uma mulher que necessita, nas palavras de Virginia Woolf, de "um teto todo seu".

> "Odisseu, filho de Laerte, o grande viajante, príncipe dos ardis e truques das mil manobras. Ele me mostrou suas cicatrizes e em troca deixou-me fingir que eu não tinha nenhuma."
> — MADELINE MILLER, *CIRCE*

BABA YAGA

BRUXA ESLAVA

Também conhecida como
Baba Jaga

Algo entre a Mãe Natureza e uma velha bruxa canibal, Baba Yaga é uma personagem versátil. Pode nos levar a uma viagem de autodescoberta, nos ensinar habilidades práticas ou, quem sabe, nos jogar no forno para fazer seu lanchinho da tarde.

A chance de ouvir Baba Yaga antes mesmo de vê-la é grande: um vento selvagem chacoalhando as árvores, que rangem em meio ao redemoinho de folhas. Sua presença é uma visão aterrorizante: os reflexos de sua cabeleira grisalha ao vento; o rosto dominado por um narigão pontudo; a pele sulcada de fendas tão profundas quanto o solo do agreste durante a seca; a boca cheia de dentes de metal enferrujado. Ela cobre sua corcunda com farrapos e voa dentro de um almofariz gigante, que dirige girando um pilão enquanto limpa seu rastro com uma vassoura, fina como um caniço. A casa onde mora não é menos chamativa: detrás de um muro alto feito de ossos – e encimado por luminárias-caveira – encontra-se uma cabana de teto inclinado em cima de pés de galinha capazes de sair correndo desengonçadas pelo bosque. As janelas parecem olhos e as fechaduras são bocarras cheias de presas. Além disso, a casa é capaz de girar, gritar e gemer. À primeira vista, Baba Yaga parece corresponder exatamente à típica bruxa má dos contos de fadas. Consegue escutar os humanos de longe, ama a carne macia das crianças e tem poderes mágicos. Três cavalos, que representam "o amanhecer radiante, o sol vermelho e a escura meia-noite", obedecem às suas ordens, enquanto um conjunto de mãos incorpóreas realizam as tarefas domésticas. Porém, essa bruxa é ainda mais sombria do que parece à primeira vista. Quem visita sua casa pode acabar dentro do forno; apesar de também ser possível que, à sua maneira, sempre canhestra e tortuosa, Baba Yaga lhe ofereça sua ajuda.

FALE COM A MÃO

O conto mais conhecido sobre Baba Yaga é "Vassilissa, a formosa", um relato do folclore russo compilado pela primeira vez por Aleksander Afanássiev, em 1855. Nele encontramos Vassilissa, uma jovem órfã de mãe, cuja única posse é uma boneca mágica que jura proteger a menina. Na narrativa também aparecem uma madrasta e várias irmãs adotivas malvadas e com inveja da beleza de Vassilissa. Todas elas moram em uma casinhola nos arredores de um bosque proibido. Um dia, ficam sem luz e mandam Vassilissa pegar mais lenha, mas a jovem volta com um dos crânios iluminados de Baba Yaga. Vassilissa havia encontrado a casota da Baba Yaga, explicado à bruxa o que estava procurando, e ela lhe gritara o seguinte: "Escute aqui, menina! Eu te dou fogo, mas vai ter de pagar por ele. Senão, te devoro no jantar!"

Durante dois dias, Baba Yaga lhe impõe uma série de tarefas domésticas tediosas e repetitivas, que Vassilissa, com a ajuda secreta de sua boneca, completa com facilidade, para surpresa da bruxa velha. Ao acabar, Vassilissa se atreve a perguntar à anciã sobre seus cavalos, e ela lhe responde com orgulho. A menina, então, cai na tentação de perguntar sobre as mãos que a servem, mas pensa que talvez essa seja uma péssima ideia e decide calar a boca. Baba Yaga confirma que ela fez bem em manter silêncio, pois, se tivesse perguntado sobre as mãos, teria acabado no forno.

> "Ser forte não significa desenvolver os músculos e exercitá-los. [...] Significa ser capaz de aprender e de aguentar o que sabemos. Significa manter-se firme e viver."
> — CLARISSA PINKOLA

Finalmente Baba Yaga, intrigada, lhe pergunta: "Como você foi capaz de terminar todo o trabalho que passei assim tão rápido?" A menina responde: "A bênção da minha mãe me ajudou." Ao escutar isso, Baba Yaga voa contra ela, enfurecida, e a arremessa para fora da casa. Mesmo assim, encaixa uma das caveiras com fogo em um porrete e o entrega a Vassilissa. A jovem encontra o caminho de casa e entrega a caveira à sua malvada família. Nesse momento, a madrasta e suas filhas começam a se queimar nas chamas e se dissolvem em cinzas. Vassilissa está livre, finalmente.

A narrativa ilustra as duas caras dessa criatura e subverte o arquetípico conto de fadas. Baba Yaga ajuda Vassilissa, ainda que de maneira indireta, já que recompensa a menina por seguir sua intuição (representada pela presença da boneca). De toda forma, não é um final particularmente feliz: a menina tem de encontrar seu próprio caminho. A escritora e psicóloga Clarissa Pinkola Estés interpreta que Vassilisa se inicia, dessa forma, na busca de seu próprio "poder feminino selvagem". A casota de Baba Yaga funciona como um refúgio de mulheres onde, por meio de "purificações internas" (também conhecidas como "tarefas tediosas"), formulando perguntas ou se questionando sobre a natureza da vida e da morte, elas encontram seu núcleo essencial. Baba Yaga costuma se aproximar de mulheres jovens à beira da idade adulta que considera dignas de sua atenção e as conduz à etapa vital seguinte, dando a elas ferramentas e atitude para seguir em frente.

Baba Yaga nem sempre fez parte dos contos populares russos; apareceu pela primeira vez na *Gramática Russa* de Mikhail Lomonóssov, publicada em 1755. "A casinha sobre pés de galinha", uma das peças musicais de *Quadros de uma exposição*, do compositor Modest Mússorgski, também faz referência a ela; além disso, foi a protagonista de muitos filmes, incluindo *Vasilisa prekrasnaya* (Vassilissa, a formosa, 1940), um longa-metragem fundamental do gênero fantástico; e inspirou a personagem Yubaba, em *A viagem de Chihiro* (2001), do famoso diretor Hayao Miyazaki.

O aspecto selvagem de Baba Yaga (o cabelo desgrenhado, as unhas longas, os peitos caídos e sem sutiã) e sua ambiguidade espiritual não estão de acordo com as convenções de uma mulher onipotente. Além de se vestir com farrapos, a decoração peculiar de sua casa faz dela uma personagem artística marginal. Não só vive nos limites do estético, mas também circula pelas margens dos bons hábitos sociais. Baba Yaga vive à sua maneira e não precisa de qualquer outra ajuda a não ser a dos cavalos e a das mãos que a servem. Nem mesmo está de acordo com o estereótipo da bruxa malvada. Uma mulher brutal, porém sábia, que leva a vida sem amarras e só estende a mão a quem considera digna de sua atenção. Quem resiste a um espírito tão vivaz e selvagem?

CASSANDRA

PROFETISA GREGA

Carregando a bênção e ao mesmo tempo a maldição que é a clarividência, Cassandra é uma representante dos que dizem a verdade, ainda que sejam castigados por isso. Sua determinação e recusa a permanecer calada perante a injustiça ainda são fonte de inspiração para ativistas e qualquer pessoa que lute pelo que é justo.

Cassandra era a radiante e perspicaz filha de Hécuba e de Príamo, os governantes de Troia. Uma das versões conta que o deus Apolo lhe deu um presente sobrenatural quando ela era criança: ser capaz de prever acontecimentos futuros. Porém, outras teorias afirmam que ele lhe deu esse dom na juventude com a intenção de obter em troca certos favores sexuais. Nas duas tradições, Cassandra lhe negou esse prazer: era seu corpo e sua decisão. Mas essa recusa não ficou impune.

Apolo, enfurecido, primeiro considerou violá-la. Porém, sabia que isso incomodaria muito sua irmã Atena, protetora de Cassandra. Assim, em vez de realizar essa profanação, decidiu cuspir em sua boca e converter em maldição o dom que lhe havia dado. As profecias de

Cassandra continuaram se realizando, mas ninguém acreditava nelas. Nas palavras do poeta Quinto de Esmirna, "sempre que eram ouvidas, era como se fossem levadas pelo vento."

Não podemos imaginar a enorme frustração que ela teria sentido. As suas visões eram claras, ela estava certa de que se realizariam, mas, quando corria para prevenir sua família e o povo troiano dos desastres que estavam para chegar, a taxavam de louca. Ela dizia a verdade sem se importar de se expor à humilhação.

Foi ela quem ensinou a seu irmão gêmeo, Heleno, a arte da previsão do futuro. É aqui que a história dá um giro machista (em que se ignora a mulher em favor de dar oportunidade a um homem de ser o salvador da situação): as pessoas escutavam as profecias de seu irmão, sem deixar de zombar dela. Tanto Heleno quanto Cassandra vaticinaram que, se a bela Helena adentrasse Troia, a cidade cairia. Assim, de fato, quando Páris, irmão de Cassandra, levou Helena à cidade como sua nova e deslumbrante esposa, a profetisa a agrediu em uma tentativa frustrada de evitar que ela cruzasse as portas de Troia. Porém, o ex-marido de Helena, o rei de Esparta, estava no encalço de sua esposa fugitiva e, como havia augurado Cassandra, declarou guerra contra os troianos. Assim começou uma ofensiva à cidade que duraria quase uma década inteira.

DOM OU MALDIÇÃO?

A profecia mais famosa de Cassandra está relacionada ao cavalo gigante de madeira, o presente dos gregos a Troia, em uma tentativa desesperada de cruzar, depois de dez anos, os muros da cidade. Atormentada pela poderosa visão dos soldados gregos escondidos no corcel de madeira, a profetisa alertou o povo troiano sobre o perigo, mas eles não lhe deram ouvidos. Segundo conta Quinto de Esmirna, gritaram para Cassandra, fazendo troça: "Não te protege a modéstia virginal: estás coberta de ruinosa loucura; por isso todos te desprezam, falastrona!" Desesperada, Cassandra pegou um galho em chamas e uma lança de duas pontas e correu corajosamente ao encontro do corcel de madeira, determinada a destruí-lo. No entanto, ela foi capturada, suas armas foram confiscadas e ela foi tirada dali.

Naquela noite, o exército oculto emergiu das entranhas do animal e abriu os portões da cidade para os camaradas. Fugindo da refrega, Cassandra se escondeu em um dos templos de Atena, mas foi seguida por Ajax, o Menor – cujo nome é bem adequado –, que a estuprou de forma tão brutal que a estátua de Atena chorou lágrimas copiosas. Cassandra foi levada como troféu para Agamêmnon, rei de Micenas, que a tomou como escrava e concubina. Mesmo passando por essas experiências traumáticas, Cassandra seguia inabalável: sabia que, com o tempo, a relação forçada com Agamêmnon descambaria na morte de ambos, em uma espécie de vingança. Segundo *As troianas*, de Eurípides, Cassandra afirmou integramente: "Agamêmnon, soberano dos aqueus, vai arranjar comigo um casamento mais infausto do que com Helena". Como sempre, acertou. Anos depois, segundo a tragédia grega, Cassandra, Agamêmnon e seus filhos gêmeos, Telédamo e Pélope, morreram pelas mãos de Clitemnestra e de seu amante, Egisto.

Cassandra permaneceu uma pedra de toque na cultura popular ao longo dos séculos. Apareceu em poemas e em peças teatrais, como a brilhante *Tróilo e Créssida*, de Shakespeare, ou no ensaio *Cassandra*, de Florence Nightingale, um protesto contra as restrições impostas à mulher na classe alta vitoriana de meados do século XIX. Um século depois, em meados dos anos 1980, a novela *Cassandra*, de Christa Wolf, canonizou a profetisa grega como ícone feminista. Wolf conta, de sua perspectiva, a história troiana, e a coloca como alegoria de sua própria vida sob um regime político opressivo na Alemanha Oriental.

De fato, a história de Cassandra é tão universal que dá nome a uma síndrome, o "complexo de Cassandra", que se refere à invisibilidade do feminino; mas também quando advertências não são ouvidas, especialmente nos campos de ativismo ambiental e pela igualdade. Aqueles que advertem sobre as mudanças climáticas foram muitas vezes ridicularizados ou tachados de *hippies* e alarmistas, apesar das evidências em favor da causa. Da mesma forma, as experiências de Cassandra ecoam as agressões que hoje sofrem novas vítimas de violência machista. Inclusive, em 2017, uma data tão recente, foi necessário que milhares de mulheres formassem uma massa crítica para abrir caminho para o movimento #MeToo, contra o assédio e a violência sexual, para que este ganhasse cada vez mais força.

A narrativa de Cassandra se passa em uma época em que se esperava que a mulher fosse reservada, caladinha, que deixasse os homens assumirem o papel de protagonistas. Sua história lembra a de muitas outras mulheres que reivindicam serem escutadas e repudiam ser tratadas como loucas; e também de todas as pessoas que se negam a ficar de braços cruzados. Cassandra nunca se rende e sempre toma atitude. É afiada, valente, consciente de sua imagem de "doida", mas determinada a jamais se calar. Também é estoica; suas últimas palavras no *Agamêmnon*, de Ésquilo, mostram compaixão por seus opressores: "É meu desejo ainda declarar-vos algo. Não vou agora começar um canto fúnebre; imploro ao Sol, diante desta luz mortiça, que dê aos inimigos fim igual ao meu, aos assassinos de uma escrava, presa fácil. É triste e sem remédio a sorte dos mortais... Esboça-se a ventura em traços imprecisos; os males chegam logo, como esponja úmida, e num instante apagam para sempre o quadro."

> "Prefiro me encarar como Janos, o deus de duas faces que é meio Poliana meio Cassandra, advertindo sobre o futuro e vivendo no passado talvez até demais."
> — RAY BRADBURY

PÍTIA

SACERDOTISA GREGA

Uma sacerdotisa com linha direta com os deuses. A sabedoria da pítia era sagrada para políticos, guerreiros e estrategistas, e representa uma voz de mulher, poderosa e clara, que se fez ouvir na sociedade grega.

Uma mulher senta-se, com os joelhos dobrados, em cima de um tripé sacrificial dourado. Em uma mão, segura um ramalhete de louro; na outra, um prato com água cristalina. Usa um vestido branco. No solo, debaixo de seus pés, uma fenda fumegante a envolve em vapores. Com os olhos brancos e o cabelo arrepiado, seu corpo se agita, ela levanta os braços e começa a soltar espuma pela boca: pítia, a adivinha do templo, vai prever o futuro.

"Pítia" não se refere a uma pessoa específica, é na verdade um título, que passa de uma mulher a outra. O nome era dado à grã-sacerdotisa, eleita para se transformar em oráculo do Templo de Apolo, em Delfos, na Grécia. Desde o fim do século VII a.C. até o século IV, uma série de mulheres foi encarregada de anunciar as profecias de Apolo, deus da cura, da luz, da eloquência e da poesia.

Esse impressionante templo de Delfos está localizado no topo da encosta oeste do monte Parnaso. Há quem pense que, em sua origem, esse lugar de culto liderado por mulheres foi consagrado a Reia, pois os gregos acreditavam que ele fosse o centro da Terra. O mito conta que Apolo matou Píton, a filha de Reia, serpente e guardiã do templo, e jogou seu corpo em uma fenda no solo antes de reclamar o templo como seu. Ao se desintegrar, o corpo de Píton começou a soltar gases tóxicos, que se enroscaram como densa bruma ao redor do altar. Uma versão mais prosaica narra que os sacerdotes de Delfos ocuparam o templo original no século VIII a.C.; porém, para conquistar a aceitação dos moradores locais, mantiveram a tradição do culto conduzido pelas sacerdotisas. Seja qual for a história verdadeira, não há dúvida de que se tratava de um santuário muito importante para os gregos, já que ali eram celebrados os jogos quadrienais em homenagem a Apolo, também chamados Jogos Píticos, que incluíam música, atletismo e corridas de cavalos.

HONRA OU SACRIFÍCIO?

No início, o cargo de pítia era ocupado por jovens com educação superior, de moral inviolável e virgens. No século III a.C., como o militar Equécrates de Tessália raptou e violou uma das pítias depois de consultar o oráculo, a sacerdotisa foi substituída por uma mulher mais velha, vestida com roupas virginais. Depois, o prestígio social das profetisas foi perdendo importância, e até camponesas passaram a poder ocupar o tripé.

Esperava-se que a mulher escolhida fizesse sacrifícios, e não só de cabras. Tinham de abandonar a família, o lar e a individualidade; elas se transformavam em pítias e fim da história. Ainda faziam mais uma renúncia: como sua condição de profetisa exigia muito trabalho físico e mental, a vida dessas mulheres era curta. Talvez por isso o horário das profecias tenha sido restrito a uma vez por mês, durante o verão. Mas, no grande auge das consultas ao oráculo, chegou a haver três pítias encarregadas do tripé das profecias.

Antes de cada sessão, as sacerdotisas se submetiam a rituais de purificação, banhavam-se na fonte Castália, do santuário de Delfos, jejuavam e bebiam a água da fonte Casótis. Sacrificavam uma cabra, e os interlocutores, que vinham de todos os lugares, até mesmo de muito além das fronteiras gregas, pagavam pela consulta. Porém, mais do que visões claras do futuro, as profetisas ofereciam conselhos sábios. As previsões da pítia às vezes eram herméticas, como a resposta dúbia que deu a um homem que queria saber se deveria entrar para o exército: "Vá, volte, não morra na guerra." Outras vezes, eram estrofes precisas, coloridas e inequívocas. Quando os atenienses, temerosos diante de um ataque de Xerxes I, o rei da Pérsia, consultaram o oráculo, viram seus medos confirmados: "Agora vossas estátuas eretas suam, tremem de horror. Goteja sangue negro dos telhados mais altos.

Viram a inevitabilidade do mal. Saiam, saiam do meu santuário e afoguem seus espíritos no infortúnio."

Tragicamente, a pítia era tão consciente de si que chegou a prever seu próprio fim. Em meados do século IV, o imperador romano Juliano, o Apóstata, tentou ressuscitar a cultura grega clássica e consultou o oráculo. A pítia respondeu, dolorosa: "Diga ao rei que o muro do templo está em ruínas; Apolo não tem mais capela, nenhuma fonte de profecia, nenhum ribeiro que fale. A fonte secou do que tanto tinha a dizer."

Há numerosas evidências históricas da existência dessas sacerdotisas. Na década de 1980, várias investigações geológicas confirmaram que o templo estava localizado na interseção de duas grandes falhas tectônicas, o que poderia explicar as emissões de etileno, um gás que, em altas concentrações, provoca alucinações. Plutarco, filósofo e sacerdote de Delfos no século I, atribuiu uma parte dos poderes aos gases, mas sobretudo à formação e à preparação das pítias. O historiador usou uma metáfora sugestiva ao dizer que Apolo era o músico e a pítia, a lira, enquanto do gás emanava a habilidade musical.

As pítias são seres não mitológicos, a meio caminho entre bruxas e deuses. Seu poder não era insignificante: o destino, não somente de indivíduos, mas também de exércitos e nações inteiras, poderia estar nas mãos de quem manejasse os oráculos. As profecias defendiam soluções pacíficas e sábias. Apesar do papel secundário da pítia, como porta-voz mortal de Apolo, o oráculo de Delfos permitiu que líderes gregos levassem em conta a opinião de mulheres, sem preconceitos de gênero. O oráculo deu voz a um grupo de mulheres muito poderoso e respeitado na sociedade grega, o das sacerdotisas, que inclusive eram recompensadas com isenções fiscais e lares luxuosos.

> "É necessário reivindicar o cumprimento da promessa inicial sobre a causa que fez Pítia parar de profetizar [...] ou Pítia não se aproxima do lugar onde o divino reside ou a inspiração foi completamente extinta e sua força cessou."
> — PLUTARCO

As pítias representam o arquétipo da mulher espiritual, em linha direta com o divino. Seu traje, sua preparação e seus transes extasiados seguem presentes não apenas em cerimônias formais de círculos de mulheres neopaganistas como também em atividades místicas cheias de charlatães. Quem não tem uma amiga que, volta e meia, no meio da noitada, em um momento inspirado, oferece o que parece ser o conselho mais sábio do mundo? Claro, as pítias eram muito mais do que isso. Essas mulheres tiveram uma trajetória profissional reconhecida: eram ouvidas dentro e fora das fronteiras gregas; renunciavam à vida privada em favor do trabalho. Tiveram voz, prestígio e influência, algo de que muitos políticos, diplomatas e chefes de Estado hoje em dia não podem se gabar.

PEHTA

**DEUSA DO SUL DA
ALEMANHA E DA ÁUSTRIA**

Também conhecida como
Berchta
Bertha
Percht

Essa deusa selvagem e fria não perdoa
quem viola suas regras domésticas, mas,
por baixo dessa superfície congelada,
há um coração terno e caloroso.

Pehta virou tendência hoje em dia. Junto ao seu correlato masculino, Krampus, ela domina os *feeds* das redes sociais alpinas. Ambas as figuras mitológicas têm seus próprios desfiles de rua nas cidadezinhas das montanhas nevadas. Krampus tem seu momento bastante instagramável: o festival anterior ao Natal, em que pessoas usando máscaras bestiais de madeira, com chifres e fantasias peludas com sinos pendurados, saem por aí acendendo fogos de artifício, fazendo o máximo de barulho possível. Pehta não fica atrás de seu primo, com suas procissões de *Perchtenlauf*, que ocorrem logo antes da Epifania, no início de janeiro. Essas festividades reúnem outra patota ululante de pessoas fantasiadas tentando amedrontar os espíritos frios do inverno e o clima gelado que trazem.

    Há muito mais por trás dessa deusa do que máscaras de lojas de fantasia e folias regadas a vinho quente, no entanto: ela foi várias personagens em sua surpreendentemente longa vida. A Pehta medieval era muito exigente com as mulheres alemãs, impondo que não fiassem no dia de Epifania, o seu dia. O papel dessa deusa mudou à medida que o trabalho feminino se tornou cada vez mais

essencial: ela exigia que não somente mantivessem a casa arrumada, mas também fiassem todo seu lote de linha em tempo para o festival e deixassem uma tigela de mingau para ela nessa noite. Em troca, ela poderia deixar recompensas, como cavacos de madeira, que se transformavam em ouro para as trabalhadoras mais aplicadas. O castigo por violar essas regras era inclemente. Pehta podia arrancar a pessoa da cama, abrir sua barriga, puxar as tripas para fora, enfiar palha e pedras nas cavidades e depois costurar a pele de volta, transformando a pessoa em um híbrido meio humano meio espantalho.

Apesar de seu comportamento violento, Pehta muitas vezes se manifestava como uma bela rainha da neve, etérea e gélida, de rosto alvo com um sopro de rubor e cílios polvilhados de neve. Ou, mais medonha, poderia aparecer como uma velha megera, com um nariz adunco de ferro e cabelos desgrenhados, um pé grande de pássaro saindo para fora de sua saia longa e imunda – uma prima distante, talvez, da Baba Yaga (ver página 22). Às vezes, ela era uma mistura das duas, donzela e anciã, e alguns acreditavam que fosse um eco da finlandesa Loviatar (ver página 110). Essa dualidade é representada em alguns dos festivais atuais comemorados em seu nome, nos quais é possível encontrar as versões bela e horrorosa de Pehta.

> "Quem nunca esteve em Nárnia há de achar que uma coisa não pode ser boa e aterrorizante ao mesmo tempo."
> — C.S. LEWIS, *O LEÃO, A FEITICEIRA E O GUARDA-ROUPA*

UM CORTEJO DO TERROR

O colecionador de contos folclóricos Jacob Grimm era fascinado por essa criatura selvagem que vivia na floresta. Ele acreditava que ela estava na boca do povo desde pelo menos o século X e se dedicou a desbancar essa caricatura de bruxa que, segundo ele, lhe havia sido imposta pela Igreja e a descobrir a personagem mais cheia de nuances por trás da narrativa.

A *Mitologia germânica* de Grimm, do século XIX, conta que Pehta e seu bando saíam por aí durante o período entre o Natal e a Noite de Reis, a *Rauhnächte*, "quando forças sobrenaturais estavam mais poderosas". Ele a descreve à frente de uma Caçada Selvagem, uma cavalgada furiosa povoada pelos *Perchten* – demônios, espíritos, bruxas e as almas das crianças não batizadas –, que galopavam pelos céus, declarando guerra contra outros deuses e trazendo abundância para a terra. As paradas que ainda ocorrem hoje em dia reverberam essa caçada – um batalhão de animais fazendo um escarcéu, com muito barulho e caos. Grimm acreditava que outra deusa alemã, Holda, fosse uma encarnação paralela de Pehta. Ela vivia no norte do país e era a padroeira da agricultura e das habilidades manuais. Grimm traçou uma linha entre essas mulheres e a esposa de Odin, Frigga, ou sua *doppelgänger* Freya (ver página 60), que também relampejavam velozes pelo céu noturno.

Grimm cavou fundo para encontrar o lado mais ameno de Pehta, enfatizando sua condição de padroeira das fiandeiras, o que a coloca firmemente no grupo pan-europeu de deusas cujo ato de fiar estava intimamente ligado à trama do destino dos homens. Não é nenhuma surpresa que ela tenha absorvido tantas características de divindades de toda a Europa – a Alemanha fica bem no meio do continente. Lendo as entrelinhas das descrições de Grimm dessas ferozes deusas norte-europeias, é possível vislumbrar suas origens pré-cristãs como psicopompas, espíritos que acompanham as almas até o além-vida.

Pehta e as deusas semelhantes são particularmente associadas aos espíritos das crianças mortas. Grimm conta a história de uma mãe de luto que encontra a alma de sua filha, que acompanhava Pehta em suas caçadas da *Rauhnächte*. A menina diz a ela que pare de chorar. Essas histórias tinham um propósito, o de consolar as mães enlutadas em uma época de alta mortalidade infantil.

As crianças por todo o país também sabiam quem eram Pehta e Holda por um motivo mais positivo; acreditava-se que elas produziam as primeiras neves do inverno ao chacoalharem suas camas de penas de ganso, deixando as plumas brancas caírem pelos céus carregados. Havia outras conexões com essas aves pescoçudas: Holda veste uma capa de plumas de ganso e, nas ilustrações, Pehta é muitas vezes retratada ao lado de gansos e com pés de ave aquática. Alguns acreditam que ela tenha sido a origem do conto da Mamãe Gansa. Então, em algum ponto da história, ela desenvolveu uma personalidade dual: um aspecto de sua persona, mais terna e suavizada, se torna parte de contos de fadas; enquanto o outro é demonizado à medida que o cristianismo toma a região.

A história de Pehta foi reescrita pela Igreja católica. Ela foi retratada como malvada, estereotipada como uma velha megera e reduzida a pouco mais do que uma caricatura de bruxa. Por quê? Porque ela representava elementos pagãos que a Igreja queria suprimir e a demonização era a forma mais fácil de arruinar sua reputação e matar os rituais relacionados a ela. O costume de deixar comida para ela e seu bando em troca de riquezas e colheita abundante foi explicitamente condenado na Baváira, no sul da Alemanha, nos textos *Thesaurus pauperum* e *De decem praeceptis*, do século XV. No entanto, a figura dessa deusa pagã era tão vívida que permaneceu na memória popular, nos costumes, em nomes de locais, como Berchtesgaden, nos Alpes da Bavária, em festivais e no nome local da noite da Epifania, *Berchtentag*.

Embora turistas agora se atropelem para fazer parte dos desfiles demoníacos em nome de Pehta e a conheçam como uma entidade malévola, talvez tenha chegado a hora de olhar para além das máscaras de bicho e dos chifres, e histórias estilo bicho-papão envolvendo ventres abertos e castigos, e passar a enxergar a bondade genuína por trás dessa figura. Há algo extremamente romântico, até tocante, na Rainha do Gelo Pehta original, com sua beleza serena e seu amor profundo pelas crianças. É como se a Bruxa Branca de Nárnia passasse a ter um coração, e sua oferta de jujuba fosse real, e de fato houvesse um lugar em seu palácio para todas as meninas e meninos perdidos.

MULHER BÚFALO BRANCO

ESPÍRITO INDÍGENA DAKOTA NORTE-AMERICANO

Também conhecida como
Pte San Win
Ptesan Winyan
Ptehincala San Win

Uma divindade que ama a terra e fuma cachimbos, a Mulher Búfalo Branco foi a primeira *hippie*. Foi ela quem deu aos povos Dakota Sioux suas cerimônias mais importantes, além de lições vitais sobre o meio ambiente. Mas essa ativista ambiental e educadora não era só paz e amor.

Há dezenove gerações, ou 2 mil anos atrás, as tribos dos povos Dakota Sioux, na América do Norte, se reuniram para as sete fogueiras do conselho sagrado. O encontro foi assolado pela escassez de comida – era impossível encontrar animais para alimentar as pessoas. Então, certa manhã, o chefe da tribo Itazipcho enviou dois jovens para a caçada. Depois de uma busca longa e sem sucesso, eles decidiram subir uma colina para fazer a varredura do território à procura de caça. Enquanto estavam subindo, viram uma figura flutuando na direção deles, uma mulher vestida de camurça branca bordada com padronagens coloridas. Ela tinha longos cabelos negros, que usava metade soltos metade presos em um pequeno coque amarrado com pele de búfalo. Seus olhos tinham o brilho da sabedoria e ela irradiava uma aura sagrada.

O primeiro enviado se viu tomado por um desejo incontrolável por aquela mulher incrível. Ele disse ao amigo: "Podemos fazer o que quisermos, ninguém nunca vai saber." "Espere aí", disse o outro homem, "Essa mulher não merece nosso respeito?" O primeiro caçador deu uma gargalhada e foi em direção à moça, sem esconder suas intenções sinistras. Assim que a alcançou e tomou essa visão de branco nos braços, uma nuvem escura os envolveu em relâmpagos. Depois que a nuvem se acalmou, o segundo caçador ficou horrorizado ao perceber que a mulher estava parada calmamente ao lado de uma pilha de ossos carbonizados – tudo o que restava do amigo. Aterrorizado, ele pegou seu arco e flecha. No entanto, a mulher disse calmamente, no idioma dele: "Não tenha medo. Volte ao acampamento e avise que estou a caminho. Peça que se preparem para a minha chegada."

O homem saiu correndo de volta e as tribos construíram a tenda *tipi* mais alta para a visitante misteriosa. Quatro dias depois ela chegou, conforme havia prometido. Ao longo dos quatro dias seguintes, a mulher mostrou a eles como fazer um altar sagrado de terra vermelha e tirou de sua mochila uma *chanunpa*, ou cachimbo sagrado. Ela os ensinou a encher o cachimbo de *chan-shasha*, um fumo feito de casca de salgueiro vermelho, e juntos entoaram cantos que reverenciavam a Mãe Terra. Mostrou a eles também como se prepara a terra, revelando que todas as coisas do mundo são interligadas e pedindo a eles que nunca se esquecessem de que as crianças são o futuro. Ou seja, ela antecipou o que seriam os alicerces do movimento pelo meio ambiente.

A mulher prometeu voltar quando precisassem dela, na forma de um animal branco. Enquanto ia embora no crepúsculo, rumo ao horizonte, ela de repente parou, girou em um salto e emergiu na forma de búfalo negro. Depois girou de novo e, dessa vez, se transformou em búfalo marrom. Na terceira pirueta, ela se tornou um animal vermelho. No quarto e último salto, ela se transformou no animal mais sagrado de todos, uma novilha de búfalo branco, antes de desaparecer.

Assim que sumiu, manadas de búfalo surgiram mugindo no alto das colinas. Os búfalos são a base da cultura indígena norte-americana: fornecem comida, peles para vestimentas e abrigo, ossos para as ferramentas, e são vistos como símbolos de abundância e vida sagrada. A mulher que trouxe essa fonte de vida para os povos foi chamada de Pte San Win ou Mulher Búfalo Branco. Alguns acreditam que a deusa dakota da harmonia e da paz, Wóhpe, que caiu na Terra como um meteorito, seja outra manifestação da mesma figura.

Embora as mulheres geralmente sejam vistas como submissas aos homens na cultura indígena norte-americana – um dos lemas dos Sioux é "a mulher não anda na frente do homem" – essa deusa, a entidade sobrenatural mais importante para esse povo, é mulher. Ela ensina as tribos dakota não somente a fumar o cachimbo sagrado, mas também a viver em harmonia como seres humanos. Dito isso, ela não é só amor – não hesitou em aniquilar o caçador abusivo com violência espetacular.

A GRANDE DEFENSORA

Sua exaltação das mulheres foi reconhecida pelos membros do povo Dakota, que estabeleceram uma sociedade, a White Buffalo Calf Women's Society (WBCWS – algo como a "Sociedade Búfalo Branco de Mulheres"), nos anos 1970, para oferecer abrigo às vítimas de violência doméstica, violência sexual e *stalking* (perseguição). Como diz um provérbio do povo vizinho Cheyenne: "Enquanto os corações de nossas mulheres estiverem elevados, a nação viverá. Mas se os corações de nossas mulheres estiverem no chão tudo estará perdido." Seu feixe de tabaco e seu cachimbo sagrados estão agora na terra, vigiados por gerações de indígenas norte-americanos; o guardião no momento é o ativista ambiental Arvol Looking Horse.

Para os indígenas norte-americanos, o búfalo branco é um símbolo respeitado de prosperidade. O aumento dos nascimentos, na década de 1990 e no início dos anos 2000, de novilhos de búfalo branco foi visto pelos indígenas norte-americanos como portentos preocupantes. Seguidores ambientalistas da Mulher Búfalo Branco acreditam que estamos vivendo o que previu a profecia, de que os animais apareceriam de novo em épocas de conflito; eles veem as mudanças climáticas como essa emergência terrível. Teremos de chamar novamente a Mulher Búfalo Branco para ajudar a proteger o planeta que amamos.

> "Enquanto os corações de nossas mulheres estiverem elevados, a nação viverá. Mas se os corações de nossas mulheres estiverem no chão, tudo estará perdido."
> — PROVÉRBIO CHEYENNE

RHIANNON

DEUSA CELTA

Ela pode lembrar uma sonhadora boêmia, mas a aparência delicada e mágica dessa deusa esconde uma essência dura na queda. Essa princesa das fadas, protetora dos animais, tem garra e determinação de sobra.

Deusa da lua, Rhiannon é uma linda donzela, vista muitas vezes em seu amado cavalo branco ou até manifestando-se em forma equina. Atrás dela voam três pássaros mágicos, cujo canto, dizem, é capaz de acordar os mortos de seu repouso e mandar os vivos, assobiando alegremente, em direção à própria ruína. Rhiannon aparece pela primeira vez no *Mabinogi*, a coleção de contos do século XII ou XIII que se acredita serem os primeiros exemplos de literatura em prosa das Ilhas Britânicas. Esses contos se dividem em quatro "ramos" e reúnem narrativas orais da mitologia celta pré-cristã e histórias do folclore, incluindo as do Rei Artur.

Rhiannon era filha de Hefaidd, o Velho, o Senhor do Outro Mundo. Ele havia prometido sua mão em casamento a Gwawl ap Clud, um deus solar menor, mas Rhiannon o achava repugnante. Para ele, por outro lado, casar-se com a filha de Hefaidd, o Velho, era uma manobra política forte; muitas famílias se legitimavam alegando terem ancestrais no mundo das fadas (ver "A senhora de Llyn y Fan Fach", página 156).

> "Corajosa, forte e direta; quando ela viu o homem que amava, o fez seu. Mais de uma vez."

SONHADORA, PORÉM DETERMINADA

Um dia, conta a narrativa, Rhiannon, vestindo a mais fina seda dourada, estava cavalgando em seu estilo lento e onírico. O príncipe de Dyfed, Pwyll, a viu e imediatamente se apaixonou por ela. Então, ordenou que seu cavaleiro mais veloz a seguisse, mas este não foi capaz de alcançá-la. No dia seguinte, Pwyll retornou ao mesmo local. Mandou seu cavaleiro ir atrás de Rhiannon de novo, e ele falhou mais uma vez. No terceiro dia, Pwyll galopou ele mesmo atrás dela e desta vez conseguiu acompanhar o passo da princesa. Finalmente, pediu a ela que parasse. Rhiannon o repreendeu por demorar tanto para pedir, dizendo, irônica: "Paro sim, é claro, e seu cavalo teria ficado mais satisfeito se você tivesse me pedido antes." Assim, fica claro que Rhiannon é quem foi atrás de Pwyll.

Os dois decidiram se casar e, no dia marcado, tudo parecia correr bem. A festa foi preparada e Pwyll foi bem recebido no palácio do pai de Rhiannon. No entanto, quando se sentaram para comer, um visitante misterioso apareceu e pediu um favor a Pwyll. Feliz e ligeiramente embriagado, o príncipe concordou, no que o estranho revelou ser Gwawl. Rhiannon ficou furiosa com Pwyll, chamando-o de tolo ("nunca vi outro homem usar a própria inteligência tão mal"). Mesmo assim, ela bolou um plano ardiloso: "Finja que me entregará a Gwawl – prometo que jamais serei dele de verdade."

Um ano se passou e chegou o dia do casamento de Rhiannon e Gwawl. No entanto, Rhiannon deixara Pwyll de sobreaviso, e ele ficou esperando do lado de fora com cem homens. No auge das celebrações, Pwyll entrou, disfarçado de mendigo e com um saco mágico de couro dado por Rhiannon pendurado no ombro. Pwyll pediu a Gwawl que enchesse sua sacola de comida. O deus do sol tentou enchê-la, mas como não conseguia, tentou espiar dentro da sacola. Na mesma hora, Pwyll fechou sua cabeça lá dentro, e incentivou seus homens a dar pauladas nele até que ele se rendesse. A derrota do deus solar Gwawl passou a representar o festival de Samhain, ou o final do verão.

Pwyll se tornou marido de Rhiannon, mas não foram felizes para sempre. Rhiannon demorou para engravidar, até que finalmente deu à luz um filho. Na noite do nascimento do bebê, as mulheres que tomavam conta dele caíram no sono e ele sumiu. Sentindo-se culpadas, elas lambuzaram Rhiannon com sangue de cachorro e depois juraram que ela havia comido o próprio filho.

Como castigo, a princesa foi obrigada a ficar sentada do lado de fora do palácio em um bloco de pedra, contando a todos os visitantes sobre seus feitos horrendos e oferecendo-se para levá-los nas costas até o palácio, como uma égua. A maioria dos visitantes recusava, pois ela era de fato muito humilde e bela. Depois de dois anos, um casal que havia encontrado o garoto (que crescera em uma velocidade sobrenatural) se deu conta de sua identidade e o devolveu à Rhiannon, que ficou extasiada. Ele foi rebatizado de Pryderi e, após a morte de seu pai, se tornou o rei de Dyfed. Pryderi e Rhiannon viveram outras aventuras contadas no *Mabinogi*. Depois, ela se casou com o amigo de seu filho, Manawydan, e eles viajaram pela Grã-Bretanha.

Acredita-se que a narrativa de Rhiannon se originou do mito de uma divindade primitiva celta, e também se especula que ela tenha alguma ligação com a deusa equestre gálico-romana Epona. Mais recentemente, o movimento wicca a retratou como uma figura unidimensional, benévola e sorridente. No entanto, a Rhiannon que aparece no *Mabinogi* era mais afiada do que essa imagem plácida dos tarôs *new age*, do que essa *pin-up* de lojinhas esotéricas ou do que a *hippie* sonhadora retratada na canção do Fleetwood Mac que leva seu nome. Ela tem garra, determina seu próprio destino, molda seu próprio futuro. Ela escolhe com quem quer se casar, e põe em prática não um, mas dois planos para garantir que isso aconteça. Ela é ousada, forte e arrojada. Ela vê o homem que quer e o conquista. Duas vezes.

Rhiannon também é estoica: apesar de saber que não é culpada de matar seu filho, ela cumpre sua sentença com graça e dignidade, semelhante à agonizante *walk of shame* (caminhada da vergonha) de Cersei em *Game of Thrones*, que deve ter sido inspirada pelo evento real do castigo imposto por Ricardo III a Jane Shore, uma amante de Eduardo IV. Rhiannon fica sozinha nesse período que passa fora dos portões do palácio, rejeitada pela família e pelos amigos, e mesmo assim é capaz de usar sua própria força de vontade para sobreviver. E não só sobrevive, mas mantém uma atitude positiva, perdoando seus opressores sem jamais se tornar amarga. Uma fortaleza completa.

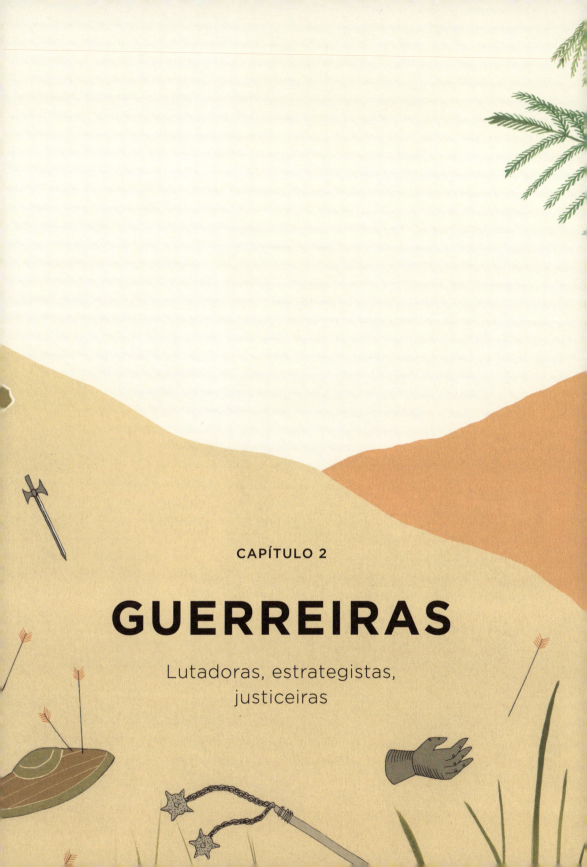

CAPÍTULO 2

GUERREIRAS

Lutadoras, estrategistas, justiceiras

ÁRTEMIS

DEUSA GREGA

Também conhecida como
Diana

Arquétipo da mulher que corre com os lobos, a confiante e independente Ártemis (Diana, na mitologia romana) está em harmonia com a natureza e com as suas companheiras.

Desde o princípio, Ártemis agiu com determinação. Minutos após nascer, ela colocou um par de luvas e, nove dias depois, ajudou no parto de seu próprio irmão gêmeo, Apolo. Não à toa: ela foi feita para ser superprodutiva, já que seu pai era Zeus, o rei dos deuses, e sua mãe, a bela Leto.

Ártemis afirmou sua independência muito cedo. Em um poema escrito no século II ou III a.C., Calímaco descreve sua festa de aniversário de três anos. Quando Zeus pergunta à filha o que ela quer de presente, a garota precoce pede uma vida sem as distrações do amor ou do casamento, um arco e flecha, exatamente como o de seu irmão, um uniforme de caça na altura dos joelhos para o dia a dia e, ainda, sessenta meninas de nove anos para serem o seu próprio coro e mais vinte para ajudar a tomar conta de seus cachorros. Até aí, tudo muito razoável.

> "Leoa te fez Zeus contra as mulheres, e concedeu-te poderes de matar quem delas quiseres. Mas seria melhor estares nas montanhas chacinando as feras selvagens e os veados do que virares-te contra quem é mais forte."
> — HOMERO, *ILÍADA*

Ela também pede ao pai todas as montanhas do planeta e para ser encarregada de trazer a luz ao mundo. Zeus dá uma gargalhada – como pai que gostava de mimar os filhos, ele concede todos os desejos à filha.

Ao crescer, Ártemis passa a ser conhecida por sua paixão total pela natureza; captura seis veados de chifres dourados para puxar sua carruagem e pratica o arco e flecha com afinco. Pode ser difícil para nós, no momento presente, conciliar o amor aos animais dessa deusa com suas habilidades de caçadora, mas ela só matava para ter alimento e castigava quem matasse animais prenhes, pois isso perturbava o equilíbrio da natureza. Poderíamos considerá-la a primeira ambientalista, que, como Jane Goodall ou Dian Fossey, vivia no mato, protegendo criaturas vulneráveis. Podemos ver suas características em jovens ativistas ambientais, como Greta Thunberg, a sueca que organizou a primeira greve estudantil para chamar a atenção para as mudanças climáticas, em 2019. A proteção de Ártemis também se estendia aos humanos; ela era a padroeira das meninas, do parto e das parteiras.

VIVENDO UM SONHO

Apesar de morar no Monte Olimpo, Ártemis não socializava com os outros deuses e evitava a política e as traições da corte. Ela preferia estar ao ar livre, na natureza, com seu séquito de ninfas. Era uma comunidade só de mulheres, como se tivessem saído de um fanzine da segunda onda do feminismo. Elas caçavam juntas, tomavam banho de rio e protegiam umas às outras com unhas e dentes. Ártemis estava convencida de que deveriam se manter virgens a todo custo – esse termo, na Antiguidade, tinha mais a ver com casamento do que com castidade. Ovídio conta a história de Acteon, que ficou espiando o grupo de mulheres tomando banho nuas. Ártemis o transformou em um cervo e seus cachorros o despedaçaram.

Diz-se que Ártemis tinha amantes mulheres, Cirene, Atalanta e Anticleia, e viveu uma relação especial com outra integrante de seu bando chamada

Calisto. Ovídio conta a história de como Zeus tomou a aparência da própria filha e tentou seduzir Calisto. Ela começou a beijar apaixonadamente a pessoa que acreditava ser Ártemis e que logo se transformou de volta em Zeus. Esse estupro resultou na gravidez de Calisto. Em uma demonstração de seu compromisso com a manutenção dos votos sáficos por todas do grupo, quando Ártemis viu a barriga crescente de sua amante, ficou furiosa e a expulsou. Em outras versões da história, Zeus transforma Calisto em uma ursa; em outras, a esposa ciumenta de Zeus, Hera, é quem a transforma; e, em outras, é Ártemis.

As narrativas contam que Ártemis participou do assassinato de Oríon, seu parceiro de caça e rival amigável. Os relatos variam, alguns dizem que ela o matou depois de ele tentar estuprá-la, outros dizem que seu irmão Apolo sentia ciúmes do amor que ela tinha por Oríon e a enganou, levando-a ao assassinato, ou que enviou um escorpião para matar o amigo.

As roupas sem determinação de gênero, a beleza atlética e a representação como heroína destemida e determinada fizeram dela tema favorito de esculturas e pinturas. Mais comumente retratada em sua forma romana, como Diana, ela aparece na ópera *L'arbore di Diana*, em pinturas de Ticiano e Rembrandt e no retrato setecentista de Diane de Poitiers, a poderosa amante francesa de Henrique II.

Seja como Ártemis ou Diana, a deusa continua a fascinar cineastas e escritores. Algumas personagens inspiradas nessa deusa são Katniss Everdeen, de *Jogos Vorazes*, e a princesa Mérida, de *Valente*. Mas não são só as arqueiras que evocam seu espírito, podemos incluir aí Lisbeth Salander, da trilogia *Millenium*, de Stieg Larsson, e Daenerys Targaryen, de *Game of Thrones*. Sua figura reverbera ainda mais alto, no entanto: no funeral da princesa britânica Diana, em 1997, seu irmão mencionou a xará divina, dizendo que a irmã foi "a pessoa mais perseguida da era moderna".

A devoção intensa dessa deusa da caça a uma vida de liberdade desde a infância a torna especial até mesmo entre as divindades. Aos três anos, ela já sabia que queria caçar e dedicou horas de prática a se tornar a melhor; suas flechas podem representar a determinação, o foco e seus objetivos imperturbáveis em todas as facetas da vida. Mas talvez seu atributo mais marcante seja a dedicação às irmãs, companheiras ou amantes e ao seu estilo de vida comunitário e junto à natureza. Essa sim teria sido uma vida bem vivida, fora dos costumes da sociedade grega patriarcal, saltando e berrando ao ar livre – uma utopia só para mulheres. Pode ser que, nestes tempos de vício nas telas de celular e de fluxo constante de informações, precisemos nos apoiar mais firmemente em nossas próprias versões desse sonho.

ANAT

**DEUSA SEMITA
LEVANTINA**

Também conhecida como
Anath
Antit
Anit
Anti
Anant

Precisando daquela amiga que sempre se prontifica a te defender? Anat é a amiga ideal. Essa deusa do amor e da guerra leva a lealdade extremamente a sério. Seu relacionamento apaixonado com o companheiro, Ba'al, ou Adade, que também é seu irmão, é o combustível de seus arroubos de violência: ela ama muito, sente muito, briga muito.

Popular entre 1000-1500 a.C., Anat e suas avatares eram adoradas no Egito e em Canaã, na área hoje ocupada por Israel, Palestina, Líbano, Síria e Jordânia. Ela tem um papel central nos mitos fragmentários traduzidos a partir de textos ugaríticos antigos, e até faz uma participação especial na Bíblia judaica.

Sua história é descrita vividamente no *Ciclo de Ba'al* (1400-1200 a.C.), uma compilação de narrativas ugaríticas feita a partir de tábuas de pedra encontradas na Síria em 1958. Anat e seu irmão, Ba'al, eram filhos de El, o deus-chefe (ver "Jezebel", página 80). Ba'al era o senhor dos céus, ou Cavaleiro das Nuvens; comandava as chuvas e, portanto, a fertilidade das terras. Encontramos Anat pela primeira vez depois que Ba'al consegue derrubar a

supremacia do deus dos oceanos, Iam, outro filho de El. Ba'al prepara um banquete aos que ainda são fiéis a Iam, enquanto Anat aplica em si suas pinturas de guerra. As mãos são decoradas com hena vermelha, os cabelos são trançados, os olhos carregados de delineador e ela usa suas melhores roupas. Anat entra na celebração, fecha as portas sem titubear e mata os inimigos do irmão.

"Debaixo dela, como bolas espalhadas, havia cabeças; sobre ela, havia mãos – mãos dos soldados, empilhadas como hordas de gafanhotos. Ela amarra as cabeças, que pendura nas costas; as mãos, ela ata em volta da cintura. Com as pernas imersas até os joelhos em sangue inimigo, ela então mergulha até o pescoço nas entranhas dos soldados. Com um cajado, ela pastoreia os reféns e dá cabo dos agitadores com seu arco."

Cena impressionante, ainda que sangrenta, talvez tenha até inspirado o Casamento Vermelho de *Game of Thrones*, no qual os convidados recebem comida e bebida e depois são executados. O cinturão feito de mãos lembra o acessório também macabro de Kali (ver página 72).

AMOR EM CHAMAS

O título de "donzela" de Anat provavelmente tem a ver com sua energia, sua independência e seu espírito feroz. Ela muitas vezes é descrita como virgem, mas seu apetite por sexo também é amplamente documentado – ela e o irmão, Ba'al, se transformavam em uma vaca e um touro para fazer amor; em uma narrativa, ela dá à luz um bezerro e, em outra, a dupla tem 77 filhos. O relacionamento dos dois é feroz e intenso. Ba'al dá um recado nada ambíguo para Anat: "Que seus pés corram para mim, que suas pernas galopem até mim, pois tenho coisas a lhe dizer, pensamentos a lhe contar: uma ideia sobre árvores e um murmúrio de pedra, um sussurro entre céu e terra, entre os abismos e as estrelas. Compreendo os raios para além dos confins do céu, as ideias para além do pensar dos homens, aquilo que as turbas no chão não podem compreender. Vem, e lhe mostrarei: nas profundezas de minha montanha, a sagrada Zafon, no espaço sagrado de meu pico nativo, no paraíso que é o cume da vitória."

Anat é agressiva até mesmo no que diz respeito à posição social de Ba'al. Quando El começa a dizer isto e aquilo sobre dar um palácio ao filho, Anat interfere, ameaçadora: "Hei de arrastá-lo pelo chão feito cordeiro, hei de fazer o sangue correr entre suas cãs, a barba grisalha hei de engrossar com suas entranhas." Anat vale por cem vilãs de novela, daquelas no estilo "ninguém mexe com meu homem", em forma de deusa violenta.

Ela e Ba'al declaram guerra contra Mot, que simboliza a seca e a morte. Depois de muitas batalhas, Mot derrota e devora Ba'al, condenando-o ao submundo. Por sete anos, a terra se torna estéril e as plantações param de vingar. Somente uma mulher é capaz de salvar o planeta: Anat. Ela começa a alimentar a vingança enquanto esquadrinha o mundo dos mortos "como

> "Se, por um lado, gastamos muito tempo dizendo às meninas que elas não podem sentir raiva, ser agressivas ou duras, por outro, elogiamos ou perdoamos os meninos pelas mesmas razões."
> — CHIMAMANDA NGOZI ADICHIE, *SEJAMOS TODOS FEMINISTAS*

uma vaca atrás do bezerro" em busca do corpo de seu irmão e consorte. Quando o encontra, mole e sem vida, ela o enterra, fazendo sacrifícios e chorando. Sua raiva só aumenta enquanto ela procura Mot. A vingança é sangrenta, quase ritual: "Com uma lâmina, ela o corta; com uma peneira, ela o peneira; com o fogo, ela o assa; com a mó, ela o mói; e nos campos ela o semeia, e os pássaros o devoram." Ba'al depois retorna, as chuvas explodem e a terra floresce. Infelizmente, Mot também ressuscita. Depois de uma batalha épica, Ba'al é declarado rei.

Anat também foi descrita em outras religiões. No Egito, era adorada como deusa da guerra: Ramsés II até a torna sua guardiã pessoal e batiza tanto a filha como sua égua com seu nome. Acredita-se que há menção a ela na Bíblia judaica, na qual é, às vezes, equiparada à deusa grega Atena. Embora ela e Ba'al sejam vistos na mitologia canaanita como salvadores, posteriormente o nome dele é usado para se referir a Belzebu, e seus chifres são associados ao demônio. Anat também foi representada frequentemente com chifres bovinos.

ANAT EM AÇÃO

A narrativa de Anat inverte o clichê do protetor, em termos de gênero. Na maioria das histórias, os homens é que são os guardiães das mulheres, lutando para libertá-las das garras malvadas dos vilões, procurando as amadas perdidas, beijando-as para acordá-las de um sono profundo.

Uma deusa decidir que ela é a mulher que vai salvar seu homem – e, nisso, ainda salvar o mundo da seca e da mortalidade – é uma senhora reviravolta, até mesmo para o público moderno. E é ainda mais impressionante ela conseguir fazer isso de forma tão visceral. Anat é uma pensadora independente, uma mulher de ação, tudo isso em uma máquina mortífera de eficiência brutal.

DIVOKÁ ŠÁRKA

GUERREIRA DA BOÊMIA

Também conhecida como
Šárka

Ela sacrificou sua dignidade para vencer uma batalha. Mas será que a protofeminista Divoká Šárka de fato traiu suas companheiras e se apaixonou por um homem do exército rival?

Conta-se que a Guerra das Donzelas, o conflito entre homens e mulheres tchecos, ocorreu no século V ou VI. A narrativa foi registrada pela primeira vez no século XI por Cosmas de Praga, um religioso de alto escalão. A história se desenrola onde hoje fica a cidade moderna de Praga, que então era uma paisagem natural habitada por várias tribos.

A sociedade tcheca era matriarcal nessa época e sua governante era Libuše, a Rainha dos Góticos. A mais jovem e sábia das três filhas do Rei Krok, ela recebe o dom de prever o futuro. Ela prevê que Praga, a cidade que fundou, se tornaria um lugar onde a "glória alcançaria as estrelas". Libuše usa as habilidades preditivas em vantagem própria: quando se apaixona por Přemysl, um agricultor, as usa para recriar uma visão em que seu amado se torna rei. Sob sua liderança, o país prospera e as mulheres adquirem direitos e privilégios. No entanto, quando Libuše morre, Přemysl toma o poder e esses direitos são cancelados abruptamente.

As mulheres tchecas ficam furiosas com a derrocada do sistema matriarcal e um grupo declara guerra contra os homens. Esse conflito se torna sangrento e dura centenas de anos. As mulheres passam a ser lideradas por uma guerreira feroz, Vlasta, e seu braço direito, Divoká Šárka. Essa história aparece nas *Crônicas de Dalimil*, do século XIV. O grupo das rebeldes cria uma colônia radical separatista só para mulheres em uma área cruzando o rio Moldava, perto de Vysehrad, um castelo ocupado pela dinastia patriarcal premislida. Divoká Šárka, com sua inteligência tática, percebe que, para derrotar o exército de homens, a melhor chance das mulheres era matar seu maior guerreiro, Ctirad. Então ela inventa um plano. Organiza uma reunião com Ctirad no local que depois passou a ser conhecido como vale Divoká Šárka (Sarka Selvagem).

> "Šárka apenas riu; todas começaram a rir e, loucas de alegria, levaram seu prisioneiro para Děvín."
> — *A GUERRA DAS DONZELAS*

Existem duas versões dos eventos a seguir. Na primeira, Divoká Šárka pede às amigas que a amarrem nua a uma árvore. Quando Ctirad e seus homens chegam, ela diz que foi capturada pelo bando de mulheres. Na outra, ela simplesmente se senta e fica esperando Ctirad. Nas duas, no entanto, ela tem garrafas de hidromel. Ela convida o guerreiro e seus soldados a beber, passando vários chifres cheios para eles até que todos desmaiam, embriagados. Nesse momento, Divoká Šárka toca seu trompete de caça e um esquadrão de mulheres sai correndo de seus esconderijos na floresta e ataca os homens. Em algumas versões, elas matam todos, torturando e esquartejando Ctirad em uma roda; em outras, elas o capturam.

A manobra tática dá certo por um tempo; o exército masculino sofre com a perda de seu melhor guerreiro. No entanto, no longo prazo, as mulheres não conseguem vencer a guerra e o sistema feudal e patriarcal permanece. Divoká Šárka se recusa a aceitar a realidade e se joga de um precipício, uma formação rochosa conhecida atualmente pelo nome de Salto da Moça. Em uma versão menos empoderadora do mito – a ópera de 1897 de Zdeněk Fibich – ela pula porque havia se apaixonado por Ctirad.

A história de Divoká Šárka é importante para o povo tcheco. Há uma linha de pensamento que diz que o conto foi inspirado por histórias antigas de mulheres guerreiras de outras culturas, enquanto outras acreditam que tenha vindo da memória folclórica da sociedade pagã matriarcal que estava ali milhares de anos antes do início do cristianismo. O que há de ser mais importante do que a origem da história, no entanto, é seu valor para o povo tcheco, quando, no final do século XVIII, sua língua, quase extinta pela predominância do alemão devido ao domínio austro-húngaro, foi reavivada. Quando os tchecos conquistaram sua independência dos Habsburgos, o foco da narrativa também mudou: Vlasta e Divoká Šárka passaram de personagens de entretenimento a símbolos do movimento democrático crescente. As novas versões da história, criadas por escritores como Alois Jirásek, e anteriores à Primeira Guerra Mundial, foram suavizadas com um par romântico e feitas para atrair as mulheres, ou seja, as pessoas que leriam essas histórias de orgulho nacional para os filhos e, quem sabe, criariam uma nova geração de nacionalistas tchecos.

Nesse momento da história, esses acontecimentos também foram contados na forma de um poema épico de Jaroslav Vrchlický, e de outro, por Julius Zeyer, que se tornaram a base de óperas de Zdeněk Fibich e Leoš Janáček. O compositor romântico e tesouro nacional Bedřich Smetana também dedicou um movimento sinfônico à narrativa. As tentativas modernas de desenvolver a personagem de Divoká Šárka causaram tensão entre o público, pois muitos viram o recém-acrescentado suicídio passional como um engodo feito em nome de apelo emocional.

MULHER DE SUBSTÂNCIA

A noção de um enclave só de mulheres em séculos passados deve ter sido chocante para algumas pessoas, muito atraente para outras, mas certamente fascinante para todos. Os mitos de amazonas são comuns em muitas culturas, mas, nesse caso, em vez de ser uma utopia só de mulheres em terras distantes, foi baseado no mesmo local onde se contaram as histórias – Praga –, o que manteve a narrativa próxima e ao alcance de leitores contemporâneos. Mesmo em sua forma original mais simplificada, Divoká Šárka é uma personagem impressionante. Esperta, ela combina táticas de batalha com encantos femininos e consegue resultados estrondosos. Ela é corajosa: se despiu e se deixou amarrar em uma árvore para atrair o inimigo. E, ainda que as histórias sobre como ela se apaixonou por sua presa tenham sido descreditadas como fantasias românticas, elas a retratam como uma mulher falível, alguém com quem é fácil se identificar nesse sentido, ou seja, uma mulher real.

FREYA

DEUSA NÓRDICA

Também conhecida como
Freyja
Freyia
Freja

Freya é claramente uma mulher forte. Ela conduz uma carruagem puxada por felinos, usando joias incríveis e, nos ombros, um manto feito de penas de falcão. Seu animal de estimação é um porco de guerra, que nunca fica muito longe. Mas não é só a aparência dela que chama a atenção. A deusa nórdica do amor, da fertilidade, da batalha e da morte é famosa por suas habilidades nas ciências ocultas, por sua eloquência e seus ágeis jogos de palavras, além de por sua coragem.

Membro da tribo Vanir dos deuses sábios, o pai de Freya era Njord; e diz-se que sua mãe era Nerthus, irmã de Njord. Como deusa da batalha e da morte, Freya levava os soldados que haviam morrido em combate para viver no salão do além-vida, chamado Fólkvangr, enquanto os outros iam para a Valhalla de Odin.

Casada com o obscuro deus Odin, um casal que espelhava quase perfeitamente a dupla de marido e mulher divinos Frigga e Odin, muitos acreditam que Freya e Frigga fossem, originalmente, a mesma deusa. Odin e Freya têm duas filhas: Hnoss e Gersemi. Sua conexão

> "Inteligente e espirituosa, uma mulher no controle de sua sexualidade e com sentimentos intensos – lembremos de suas lágrimas douradas –, além de possuir poderes mágicos extraordinários."

com Odin é fortíssima. Quando ele viaja ou vai saquear – como deus viking, isso acontece com frequência –, ela fica desesperada de saudade, vertendo lágrimas que se transformam em ouro, o que é bem conveniente para uma deusa que ama joias. No entanto, essa angústia não significa que ela seja fiel; quando Odin está no mar, ela dorme com vários escravizados e guerreiros, incluindo Ottar, que ela acaba transformando em um javali encantado. Loki, o deus ladino, a provoca com comentários espertos sobre seu apetite sexual quando ele chega em uma festa, embriagado e procurando confusão. Ele lança uma acusação a Freya por meio de um *flyting* (poema em nórdico antigo): de dormir com todos os elfos e deuses que estão no salão; e os dois trocam farpas verbalmente. Freya acusa Loki de estar mentindo, e diz "Foste tu que perdeste a razão, Loki! Ao falar, na verdade, sobre seus próprios desvios." Em troca, ele a acusa de dormir com o próprio irmão, o que motiva os outros deuses a interferir para defendê-la. Nessa troca acalorada, podemos vislumbrar a coragem e a língua afiada de Freya.

UMA DEUSA HEDONISTA

Assim como sua sabedoria, sua coragem e sua predileção por delícias carnais, Freya tem uma reputação de deusa materialista, que ama os confortos domésticos. Seu quarto é belo, mas impossível de adentrar sem permissão, e seu objeto mais precioso é o Brisingamen, um colar de beleza incrível. No entanto, ela teve de se esforçar muito para tê-lo e mantê-lo.

Quando saía para caminhar em uma manhã gelada, Freya encontra uma caverna. Ao entrar, vê quatro anões criando uma peça de joalheria em ouro tão bela que ela fica imediatamente obcecada. Freya oferece prata e ouro aos anões, mas nenhuma quantidade os convence a vender-lhe a peça – eles só lhe dariam o colar se ela dormisse uma noite com cada um deles. Freya concorda e, depois de quatro noites de paixão com os minúsculos ourives, ela leva o colar para casa. Mal ela sabia que seu velho amigo Loki estava espiando tudo. Sempre procurando confusão, ele esbarra em Odin e conta tudo sobre as atividades escusas de Freya. Odin aproveita a oportunidade para ficar com a peça preciosa para si e ordena que Loki a roube. Este se transforma em uma mosca, passa por uma fresta mínima no quarto trancado de Freya e rouba o colar de seu pescoço. Quando Freya acorda, ela fica furiosa e, bem em seu estilo feroz, confronta Odin imediatamente, que diz que ela só terá sua joia preciosa de volta se prometer que vai espalhar o ódio e a guerra por todo o território. Ela aceita.

Freya era muito mais do que colecionadora de objetos caros. Ela era uma feiticeira poderosa, e usava seu manto de penas de falcão para voar pelo céu noturno e praticar magia. O povo nórdico via a magia como um poder feminino, e Freya se tornou um exemplo disso. Ela era reverenciada pelas *völvur* – mulheres viajantes que usavam encantamentos e cantilenas para prever o futuro ou para amaldiçoar inimigos. Ela também era invocada pelas mulheres em trabalho de parto para proteger mãe e bebê.

Freya é uma deusa tenaz; não somente a última divindade viva, que se sacrificou por dever mesmo depois que seus amigos e sua família já haviam partido há muito tempo, mas também o culto a ela permaneceu ao longo dos séculos, até mesmo depois que o cristianismo usurpou as religiões antigas. Embora seu caráter tenha sido maculado pelos novos costumes e sua amada poesia tenha sido proibida, ela continuou a ser venerada por mulheres em rituais de fertilidade. Ainda há alguns lugares na Escandinávia cujos nomes derivam de Freya, e ela era vista como símbolo do amor romântico até mesmo no início do século XX. Ela é retratada em poemas e pinturas e faz uma breve participação no hino nacional da Dinamarca. Acredita-se que a origem da história de Branca de Neve e os sete anões esteja na história de como Freya conseguiu seu colar. O que *realmente* muda bastante a cara desse conto de fadas.

Freya não é uma tradicional deusa guerreira que sai rugindo para a luta; sua coragem se mostra na assertividade. Ela é inteligente e espirituosa, uma mulher indiferente às convenções sociais sobre sexo. Ainda assim, ela tem sentimentos profundos – aquelas lágrimas douradas – e domínio de uma magia poderosa. Essa mistura de hedonismo, falibilidade, sabedoria e coragem resulta em uma deusa que parece moderna, milhares de anos depois da época em que ela teria existido, segundo as narrativas, e sua história serve para inspirar as mulheres da Escandinávia e de toda parte até hoje.

AS FÚRIAS

DEUSAS GRECO-ROMANAS

Também conhecidas como
Erínias
Eumênides

O nome desse trio pode evocar uma imagem de animais raivosos, mas, na verdade, era a justiça aplicada friamente pelas fúrias que congelava a espinha de assassinos, bígamos e ladrões. Sua forma precisa e implacável de retaliação continua sendo inspiradora para ativistas e agentes de mudanças sociais até hoje.

Mesmo entre os deuses da Grécia Antiga, as fúrias já eram vistas como espíritos antiquíssimos. A *Teogonia*, de Hesíodo, descreve a origem dessas criaturas horrendas como um ato violento: a castração de Urano por seu filho Cronos. Este último jogou os testículos do pai no mar e as fúrias surgiram das gotas de sangue.

Geralmente apresentadas como um trio, as três irmãs viviam no Tártaro, um abismo fumegante no submundo. Elas já foram descritas de várias formas, com cabelos e cinturões de cobras, olhos lacrimejando sangue, asas de morcego e corpos escurecidos e craquelados como carvão. Elas carregam açoites de latão ou chibatas em forma de serpente. Têm poderes como: imortalidade, força sobre-humana, habilidade de voar e hálito venenoso, mas, acima de tudo, são famosas por vingar o que consideram ser transgressões. Mortais poderiam fazer reclamações para as fúrias por meio de maldições e as três perseguiriam, implacáveis, os meliantes, açoitando-os até a morte e, muitas vezes, levando-os a enlouquecer antes de morrer. Gostam especialmente de punir os que quebram os laços de família, mas também lançam sua ira sobre estados ou nações, se julgarem necessário, condenando-os a sofrer com doenças e fome.

As fúrias são as precursoras de outros trios bruxescos – as moiras são aparentadas a elas, e a Morrígan (ver página 90), assim como as Três Bruxas de Shakespeare (*Weird Sisters*), também lembra muito essas deusas. Como se fossem uma versão arcaica e meio torta das Spice Girls, cada membro das fúrias tem um nome carregado de significado. Alecto, ou Ira Infindável, é encarregada de crimes morais, levando os meliantes a enlouquecer. Sua irmã, Megera, a Ciumenta, pune adúlteros e foi retratada muitas vezes como a arquetípica megera. As *Metamorfoses*, de Ovídio, descrevem a terceira irmã, Tisífone, a Vingadora de Sangue, usando uma "túnica encarnada pingando sangue e com uma cobra em volta da cintura". Ela persegue os que cometem assassinato, parricídio, homicídio e fratricídio. Na *Tebaida*, de Estácio, ela incita o deus eólio Tideu ao canibalismo, assediando-o até ele enlouquecer e devorar o cérebro de seu inimigo, Melanipo.

Embora a palavra "fúria" tenha passado a designar raiva, as descrições mais antigas dessas deusas eram mais sutis. Sim, elas distribuem punições severas, mas também são a personificação da máxima: "firme, porém justo". Com sua retidão, clareza de propósito e raiva desapegada – um ódio calculado, usado para motivar sua vingança – elas têm um senso de moral muito afiado, punindo humanos que transgridem as regras humanas. Especialistas em canalizar emoções para alcançar resultados positivos, Alecto, Megera e Tisífone são a encarnação da razão pura e da força de vontade inabalável.

As três juízas tiveram seu ápice na trilogia *Oréstia*, de Ésquilo. Incitadas pelo fantasma vingativo de Clitemnestra – que, com seu amante, havia assassinado o marido, Agamêmnon –, elas emergem do Hades para caçar o filho desta, Orestes, que a matou vingando a morte do pai. Elas perseguem o rapaz, sussurrando e cantando: "Arrancamos os matricidas do lar. Somos chamadas Maldições em nossa casa debaixo da terra." Para a sorte de Orestes, Atena convence as perseguidoras a deixá-lo ir a julgamento; Orestes é inocentado e as fúrias se tornam deusas residentes em Atenas, onde são transformadas nas eumênides, ou "as bondosas".

> "Majestades de pele escura, de olhos faiscantes que lampejam medonha, mortífera, radiante luz: soberanas eternas, terríveis e fortes, donas de horríveis torturas e vinganças."
> — HINO ÓRFICO 70

JUSTIÇA CEGA

A primeira metade da história ilumina os mecanismos internos das irmãs. Em essência, elas seguem suas próprias regras e, embora sejam vingativas, não perdem jamais a compostura. Elas acreditam na justiça acima de tudo. No entanto, a Atena de Ésquilo passa por cima delas. Alguns veem essa nova identidade, "as bondosas", como fruto de cinismo, um sinal de que o trio foi desempoderado por Atena, de que seu fogo foi extinto. Outros entendem como um pseudônimo eufemístico, para que os que têm medo possam se referir a elas indiretamente. E ainda: há quem acredite que a nova designação seja um símbolo da integração das punições antigas das deusas a um sistema de justiça mais moderno.

A raiva é um elemento vital da mudança social e do progresso, uma motivação para a ação política, mas as mulheres que demonstram esse sentimento são, frequentemente, condenadas como irracionais. As fúrias derrubam esse estereótipo, pois não se arrependem jamais de sua dedicação à justiça.

Vemos seu legado no ódio controlado e na retidão dos discursos antiescravagistas de Sojourner Truth, no século XIX, na perseguição implacável aos nazistas pelo austríaco sobrevivente do Holocausto Simon Wiesenthal, na lenda do tênis Billie Jean King ao demolir Bobby Riggs na partida conhecida como "batalha dos sexos", nos anos 1970, e nas falas controladas mas supurantes dos estudantes que, em 2018, viram seus colegas serem baleados na escola Marjory Stoneman Douglas, em Parkland, na Flórida. A altivez e a reação das fúrias são características realmente intimidadoras, mas também servem de inspiração.

CIHUATETEO

ESPÍRITOS MESOAMERICANOS

Na cultura asteca, mulheres que morriam no parto se tornavam *cihuateteo*, espíritos. Seu sacrifício era tão profundamente respeitado quanto o dos soldados que morriam em combate; e recebiam a incumbência de proteger o sol poente.

Em contraste à imagem acolhedora e pacífica do nascimento, os astecas viam o parto como uma guerra. Mulheres grávidas eram guerreiras, treinadas para enfrentar uma batalha sangrenta pelas suas sargentas, as parteiras, que as preparavam para a maternidade com uma série de rituais de sauna. A forma como aceitavam e se preparavam para o processo visceral do parto era uma perspectiva realista – essas mães não traziam uma criança ao mundo sorrindo e serenas, elas lutavam muito para manter a vida e a saúde dos bebês e as suas próprias. Alguns historiadores até mesmo defendem que a maternidade era estabelecida como modelo de coragem antes de a sociedade mesoamericana precisar de soldados.

As mulheres que morriam no parto eram consideradas baixas de combate e recebiam honrarias condizentes. Uma comitiva funerária que contava com o marido, a parteira e um séquito de mulheres mais velhas armadas

> "As mulheres que perderam a vida durante o parto foram homenageadas como heroínas mortas em combate. Durante o funeral [...] transportaram o corpo, agora divinizado, parao local dedicado às deusas."

com espadas e escudos carregava o corpo, que agora era divino, a um local dedicado às deusas. Lá, o corpo era defendido ferozmente contra ladrões – acreditava-se que o dedo do meio da mão esquerda e o cabelo da morta fossem amuletos que tornavam guerreiros invencíveis e cegavam seus inimigos.

Depois de quatro dias, o espírito da mulher subia aos céus. Na cultura asteca, o lugar da pessoa no além-vida era ditado pelo modo como morria, e não por seus feitos e suas conquistas. As *cihuateteo* viviam em um local escuro no céu chamado Cihuatlampa ("Local das Mulheres") e seu papel se equilibrava ao dos espíritos de homens guerreiros. Os homens vigiavam o sol pela manhã e no início da tarde; as mulheres que haviam morrido no parto protegiam o sol do fim da tarde. Essa era a maior honraria possível no sistema de crenças antigo dos astecas. As mulheres acompanhavam o sol em seu ocaso, cantando canções de ninar como teriam feito para os próprios filhos. Essas recompensas celestes serviam de incentivo para que mulheres se tornassem mães, e para que homens e mulheres fossem guerreiros, para morrerem em combate pelo bem da comunidade.

No entanto, havia um detalhe menos ensolarado nessa narrativa: a volta à terra pelas *cihuateteo* a cada 52 dias. Sua aparência para essas visitas era aterrorizante; elas tinham rosto esquelético e mãos que pareciam patas retorcidas de águia. Adornadas com caveiras e chifres na cabeça, com os seios de fora, e usando cintos – que, às vezes, eram feitos de cobras de duas cabeças – nos quadris, com seus cabelos longos, eram imagens intimidadoras. De acordo com os espanhóis que escreveram sobre as tradições mesoamericanas, e consideravam a sociedade conquistada como sub-humana, as *cihuateteo* assombravam as encruzilhadas. Nesses encontros de caminhos, segundo avisavam esses escritores, as *cihuateteo* caçavam crianças, que depois deixavam paralisadas e doentes, ou simplesmente as roubavam, deixando somente uma faca no lugar. As encruzilhadas passaram a ser associadas à morte e ao demônio por causa disso. Também se dizia que as *cihuateteo* causavam enfermidades, paralisia e doenças mentais nos homens, e que os incitavam a cometer adultério.

Dizia-se que os astecas haviam tentado acalmar os espíritos vingativos fazendo altares nas encruzilhadas, decorados com papéis recortados e flores coloridas, e abarrotados de oferendas, como milho torrado, *tamales* e pães em forma de borboleta. As crianças ficavam dentro de casa nas noites em que as *cihuateteo* desceriam, a salvo das garras desses demônios que desejavam abraçar seus filhos terrenos.

MUDANDO A HISTÓRIA

É interessante notar que essa versão aterrorizante do retorno à terra das *cihuateteo* foi uma invenção dos colonizadores espanhóis. Antes, as *cihuateteo* eram simplesmente guerreiras honradas, prova da importância das mulheres na sociedade asteca como figuras maternas fortes. O mito das *cihuateteo* pode refletir o conflito de posturas modernas quanto ao parto: as mulheres devem manter a compostura e um silêncio reverente no trabalho de parto, ou devem gritar e lutar? A válvula de escape das *cihuateteo*, isto é, voltar à terra regularmente para soltar os cachorros por terem perdido um filho, ou para se vingar, pode até ser entendida como um ritual de luto. Uma forma de espairecer, soltar as emoções, permitir que as mulheres vivam suas perdas.

KALI

DEUSA HINDU

Também conhecida como
Kālī
Kālikā
Shyāmā

Kali sabe fazer uma entrada dramática. A primeira descrição dessa deusa hindu de que se tem registro, no *Devi Mahatmya*, de cerca de 600 a.C., é fascinante; ela sai pronta, como a conhecemos, da testa de Durga: uma anciã de rosto macilento, quatro braços, vestindo peles de animais e carregando um cetro com uma caveira.

Nascida de um acesso de raiva de Durga, Kali é reconhecida como a deusa sombria da morte que dá cabo rapidamente dos demônios contra os quais sua progenitora está lutando. Mais adiante, em uma batalha, Durga a convoca para ajudá-la a matar o demônio Raktabija. A cada vez que uma gota de sangue do inimigo tocava a terra, outro aparecia; então, para cessar essa horda de demônios que se multiplicava, Kali lambia cada gota derramada.

Uma versão da história conta que ela fica drogada por causa do sangue ingerido e sai fazendo arrastão pelo campo de batalha, despedaçando e devorando todos os demônios que aparecem e se adornando, extasiada, com os membros e as entranhas de suas vítimas. O deus Shiva – o ser supremo em algumas tradições e o destruidor

em outras – fica horrorizado e se joga debaixo de seus pés. A deusa leva um choque e consegue se acalmar. Assim, Kali é retratada muitas vezes de pé, em cima de Shiva e com a língua para fora.

UMA DEUSA EMPODERADORA

Em outras narrativas originárias, Kali é a *yin* assertiva e sombria que complementa o *yang* solar e mais obediente da deusa protetora Parvati; ambas são consortes de Shiva. Quando Shiva pede a Parvati que o ajude a matar o demônio Daruka, que só pode ser morto por uma mulher, ela se manifesta como Kali, usando a força e o ódio dessa deusa. Em uma época e tradição em que a subserviência e a modéstia eram celebradas nas mulheres, talvez Kali tenha sido um símbolo da fúria, a deusa a invocar quando as mulheres precisavam se apoiar na raiva para encontrar forças. Parvati não podia ser vista como sedenta por batalha; ela tinha de invocar Kali para poder lutar.

> "Dançando loucamente de alegria. Vem, mãe, vem! Pois terror é teu nome, morte é teu fôlego, e cada fôlego trêmulo destrói um+ mundo para sempre."
> — SWAMI VIVEKANANDA

Kali é um exemplo e tanto. Até sua aparência mais básica já é intimidadora, começando pelos dentes afiados, até os olhos raivosos; mas ela ainda se paramenta toda com acessórios macabros, feitos dos restos mortais das vítimas: um cinto cheio de braços pendurados, um colar feito de crânios, brincos de ossos. Ela se manifesta em diferentes formas: com quatro ou dez braços, com pele azul ou preta, cabelos desgrenhados, língua tremendo para fora da bocarra. Com um braço, ela segura uma espada; com o outro, uma cabeça decapitada. Talvez algumas pessoas tenham se inspirado até demais em Kali: membros da seita Thuggee, que existiu do século XIV até o XIX, parecem ter se considerado filhos de Kali, e dizia-se que faziam assassinatos ritualísticos em nome dela, roubando e estrangulando suas vítimas. No entanto, alguns estudiosos acreditam que os colonizadores ingleses tenham exagerado o grau de violência da seita para justificar a presença britânica cada vez mais prolongada no território.

Sua aparência é, evidentemente, bastante simbólica: muitos entendem que a cabeça decapitada represente o ego humano, a espada represente a iluminação, e que Kali seja a libertadora de seus filhos das garras das ilusões terrenas. Em algum ponto do século XVII, sua imagem foi reformulada pelos poetas tântricos, sua brava pele negra foi clareada e passou a ser retratada como azul, seu rosto se tornou jovial e ela passou a sorrir. Em ainda outra interpretação pela corrente tântrica do hinduísmo, Kali é vista como a "Mãe Divina". Devoradora, porém benevolente, ela sabe que a beleza da vida é equilibrada pela realidade da morte e, no entanto, protege ferozmente seus amados filhos. Ela encarna a energia feminina e a fertilidade. Esses conceitos voltados para o feminino cresceram a tal ponto que uma série de sociedades que adoravam essa deusa eram matrilineares, ou seja, as posses passavam de mães para filhas. Ela ainda é muito popular: com mais de 750 milhões de fiéis, o hinduísmo é a terceira maior religião e forma de vida do mundo. Na corrente *shaktista* do hinduísmo, ela é reverenciada como uma das Mahavidyas, os dez aspectos de Adi Parashakti, formas da deusa Parvati.

AS MUITAS FACES DE KALI

Nas tradições tântricas hinduístas, Kali tem um simbolismo mais filosófico e é a encarnação do tempo e não da destruição pura. Enquanto marca o passar dos segundos, ela consome todas as coisas; todos terão de se render a ela em algum momento. Ela fica de pé ou dança sobre seu suporte e companheiro, Shiva, girando as rodas da criação, nascimento, crescimento e morte. Essa interpretação é interessante: Kali simboliza a crueldade implacável da passagem dos anos. Ela é inescapável – até mesmo cruel – mas é um banho de realidade. Nossos rostos inevitavelmente voltarão aos ossos e, quando isso acontecer, Kali os pendurará em seu colar macabro. A morte é nosso destino comum, mas ter uma visão filosófica sobre ela ajuda.

As diferenças sutis entre as várias versões de Kali podem causar alguma confusão. E a veneração de uma deusa tão feroz e aterrorizante por fora pode não fazer sentido imediatamente. O santo bengalês do século XIX, Ramakrishna, uma vez perguntou a um seguidor da deusa por que ele continuava a venerar Kali. O homem respondeu: "Maharaj, quando estão passando por problemas, os teus seguidores te procuram. Mas para onde você corre quando passa por problemas?". Kali pode ser vista como uma mercenária, aquela que você chama quando sente que vai ter briga: sua devoção aos seguidores e amigos é inabalável. Quando ela luta junto aos aliados, é imbatível e, na esfera pessoal, invoca a raiva justa de que precisamos para derrotar nossos demônios, tanto os internos quanto os do mundo real. Então, na próxima vez que precisar de uma dose de coragem, quem sabe, feche os olhos e pense: "O que Kali faria?"

YENNENGA

**PRINCESA AFRICANA
MOSSI**

A lenda de Yennenga, a princesa guerreira que ajudou a fundar um reino, foi contada e mantida viva na tradição oral por mais de 900 anos. Há muitas variações da narrativa, que é baseada em uma figura histórica, mas todas concordam que essa mulher de muita força (de vontade e física!) causou um impacto que ainda reverbera em Burkina Faso, na África Ocidental.

No século XIV ou XV, Yennenga vivia no Reino de Dagomba (onde hoje é o norte de Gana) com seu pai, rei Nedega, e seus irmãos. Cada um de seus três irmãos comandava seu próprio batalhão; e, por isso, ela se dedicou, determinada, a ser tão boa quanto eles no campo de batalha. Seu pai a incentivou a aprender a cavalgar, lutar, arremessar lanças e usar o arco e flecha; ela tinha talento natural para todas essas habilidades. Juntando isso a sua altura e seu porte atlético, ela era uma oponente e tanto; conquistou muitas vitórias para o exército do pai e se tornou, ela mesma, comandante. Apelidada de "a esbelta", ela usava fardas e armadura e foi confundida com um homem muitas vezes ao liderar suas tropas. Sua reputação foi sendo construída como a de alguém que inspira devoção nos soldados e é capaz de operar milagres políticos em novos territórios.

O pai de Yennenga a protegia muito, mas também dava valor à filha como guerreira: ela era uma peça bem importante de seu maquinário de guerra. Tanto que, quando ela pediu um tempo para descansar, encontrar o amor, talvez até se casar e criar uma família, ele recusou. Yennenga respeitava o pai, então voltou à luta por alguns anos, mas, como toda adolescente, desejava ser como as amigas e conversar com os meninos. Ela pediu mais uma vez para fazer uma pausa, mas, de novo, o pai não permitiu.

Com raiva e querendo mostrar ao pai sua determinação por meio de ações e não de palavras, Yennenga cultivou uma grande plantação de quiabo. As plantas prosperaram, mas ela deixou que morressem e apodrecessem. Quando seu pai lhe perguntou por que havia desperdiçado a plantação, ela respondeu, irada: "Essa plantação é como meus sentimentos. Aqui estou, meus ovários murchando e morrendo, minha alma implorando por alguém, e você nem se importa."

No entanto – embora ele quisesse tanto que ela fosse corajosa e forte – o pai não ficou muito impressionado com essa atitude. Com receio de que a filha fosse desobedecê-lo, ele a prendeu, de castigo. É claro que Yennenga, experiente em estratégia, bolou um plano e, com a ajuda de um dos guardas do pai, se disfarçou de homem e fugiu. Cavalgou a noite inteira, passando por rios e florestas, até que, finalmente, ao norte da região, tanto ela quanto o cavalo puderam descansar.

UMA NOVA VIDA

Quase desmaiando de fadiga, Yennenga conheceu Riale, um caçador de elefantes solitário, porém famoso. Primeiro, ele achou que ela fosse um homem e a convidou a passar um tempo com ele até que se recuperasse. As habilidades de arremesso de lança e de montaria de seu suposto convidado o impressionaram, e, quando o capacete de Yennenga caiu, revelando que era uma mulher, Riale se apaixonou perdidamente por ela. O casal se tornou uma dupla formidável: Riale a ensinou a caçar, e Yennenga lhe ensinou habilidades estratégicas. Com o tempo, eles se casaram e acrescentaram um filho, Ouedraogo, à sua equipe formidável. O nome do filho era uma homenagem ao cavalo que Yennenga montou para fugir do pai.

Quando Ouedraogo tinha 15 anos, a família visitou seu avô, Nedega. O rei tinha tido bastante tempo para refletir sobre as ações da filha e havia ficado menos teimoso e rigoroso com a idade. Ele acabou dando as boas-vindas à nova família e deu presentes ao neto: cavalos, vacas e alguns de seus guerreiros mais valentes. Ouedraogo aceitou os presentes, que usou com sabedoria. Ele conquistou as tribos Boussansi, depois se casou e fundou a cidade de Tenkodogo e o Reino Mossi. Seus filhos se tornaram líderes

> "Escolher uma parceria e uma família é uma questão pessoal, mas o direito de fazê-lo deveria ser absoluto."

importantes, fazendo alianças e multiplicando seu sucesso. Sua tribo, a dos Mossi, dominou a região do Alto Rio Volta por centenas de anos, e ainda consideram Yennenga como a mãe de seu povo, inclusive homenageando-a com estátuas pelas ruas de Burkina Faso e usando o nome do cavalo dela para batizar times de futebol e prêmios.

Yennenga é uma representação poderosa da mulher: não somente atlética e bela, mas com um instinto maternal tão forte que desafiou a família e o amado pai para realizá-lo. Sua experiência resume muitos dos dilemas que as mulheres encaram hoje em dia: o cabo de guerra entre carreira e família e a questão central de querer filhos ou não; e, se sim, quando tê-los?

Enquanto os homens têm, aparentemente, a vida toda para se reproduzir, as mulheres têm o relógio biológico, e a influência e a pressão daquilo que a sociedade considera aceitável falam mais alto a cada menstruação. A história de Yennenga inverte estereótipos de gênero históricos e, por isso, é uma parábola que se aplica a uma era mais moderna. Ela é uma princesa dividida entre os desejos da família, sua carreira brilhante como guerreira e seu próprio desejo de ser mãe, algo com que muitas mulheres, dolorosamente, se identificam hoje em dia.

Yennenga não era só uma guerreira corajosa, era também muito inteligente, contrariando o pai e fugindo por saber que tinha de fazer isso para se sentir realizada. Ela precisava explorar seu lado maternal e se apaixonar. Escolher uma parceria e uma família é uma questão pessoal, mas o direito de fazê-lo deveria ser absoluto. Milhares de anos atrás, essa princesa adolescente sabia disso e fez sacrifícios enormes para realizar suas ambições pessoais.

JEZEBEL

RAINHA JUDAICO-CRISTÃ

Também conhecida como
Jezabel

O nome Jezebel passou a designar mulheres consideradas malvadas, "vadias", mas há evidências de que a pessoa histórica tenha sido muito mais complexa, poderosa e cheia de força de vontade do que sua caricatura. Essa rainha do século IX, que aparece na Bíblia judaica (Velho Testamento), esteve no epicentro de uma guerra entre seguidores dos deuses antigos e devotos de Javé (o Deus cristão). No entanto, essa campanha mal-intencionada contra Jezebel não conseguiu ofuscar sua influência profunda e sua força de caráter.

Como filha privilegiada do rei e sacerdote Etbaal, Jezebel foi uma mulher educada e com inteligência política. Ela foi criada na área onde é o Líbano atualmente como seguidora de Ba'al (ver "Anat", página 52), entre outros deuses. Ba'al passou a ser retratado por escribas cristãos, mais tarde, como o diabo, com chifres de touro, mas originalmente era um deus da abundância, da chuva e da fertilidade. Jezebel casou-se com o rei Acabe, do norte de Israel, para onde se mudou com 850 sacerdotes de sua religião. Essa união teria sido política, uma aliança estratégica entre as famílias, mas teve de enfrentar um grande obstáculo: o povo de Israel era seguidor de Javé, o Deus judaico, uma versão do Deus cristão moderno.

Acabe era razoável, no entanto. Ele não só tolerava a devoção de Jezebel, como construiu um altar de Ba'al para ela. Isso foi visto com maus olhos pelos profetas e mandachuvas religiosos do reino. Eles ficaram ainda mais inflamados quando Jezebel começou a matar seguidores de Javé. O profeta Elias, furioso, desafiou os sacerdotes de Jezebel para um duelo. Eles se encontraram no monte Carmo, com a tarefa de matar e queimar um touro sem usar tochas nem acendedores. Os sacerdotes de Ba'al começaram a dançar e se cortar. Eles oraram por horas, mas a pira continuou sem fogo. Elias então se aproximou do altar, aspergiu um líquido que parecia ser água em seu touro, invocou Deus e, quase instantaneamente, o animal pegou fogo. O duelo acabou ali, com a reação chocante de Elias, que assassinou todos os homens de Jezebel. A rainha ficou furiosa e, em um gesto dramático e ousado, proclamou-se em pé de igualdade com o inimigo, dizendo: "Se você é Elias, eu sou Jezebel." Ela o ameaçou: "Que os deuses repitam o seu feito e mais se, até esta mesma hora, amanhã, eu não lhe tiver dado o mesmo destino." Diferentemente de muitas mulheres da Bíblia, Jezebel tinha voz, e uma voz poderosa, ágil, sarcástica. Elias fugiu aterrorizado com aquela promessa macabra, escondendo-se no monte Sinai.

"Meu avô era um pregador pentecostal. Era pecado até mesmo depilar as sobrancelhas, e eles achavam que também era pecado eu ficar ali parecendo um Jezebel."
— DOLLY PARTON

AS AVENTURAS DE JEZEBEL

Depois, Jezebel conseguiu um vinhedo para o marido. Acabe andava cabisbaixo; um homem chamado Nabot se recusava a lhe dar uma parte de suas terras para transformar em horta. Jezebel arregaçou as mangas, escrevendo cartas incendiárias para os anciãos de Jezrael, a cidade de Nabot, contando que ele blasfemara contra seu rei e seu deus. De tão furiosa e inflamada, a população da cidade formou uma turba e apedrejou Nabot até a morte. Elias percebeu aí uma oportunidade de reaparecer e ameaçar Acabe, dizendo-lhe que sua família morreria em Jezrael, que cachorros comeriam sua carne e pássaros limpariam seus ossos.

Alguns anos depois, Acabe morreu lutando contra os sírios. As narrativas variam, mas o Livro de Reis da Bíblia cristã conta que, depois da morte do filho de Jezebel, Acazias, o irmão mais novo — Jorão — tornou-se rei. Nessa época, o sucessor de Elias, Eliseu, continuou a cruzada de seu predecessor. Ele declarou que seu braço direito no exército, Jeú, seria o verdadeiro rei de Israel, e assim provocou uma guerra civil. Jeú e Jorão se enfrentaram no campo de batalha, onde Jeú disparou insultos contra Jezebel, chamando-a de prostituta e bruxa; e então assassinou o rei. No entanto, ele tinha que matar a rainha também para assumir o trono, uma evidência do poder real de Jezebel.

O drama se intensificou. Jezebel descobriu que Jeú estava na linha de frente, conduzindo sua carruagem para o palácio. Astuta o bastante para calcular que ele teria de matá-la para alcançar seus objetivos, Jezebel se sentou calmamente em sua penteadeira. Ela pôs maquiagem, penteou e arrumou seus cabelos, esperando o inevitável. Esse talvez tenha sido o momento mais impressionante da rainha: ela sabia que estava prestes a ser morta, mas escolheu encarar o destino com a dignidade de sua posição. Enquanto esperava, sentada no alto da sua torre, ela estava, ao fim e ao cabo, no controle. Colocando a cabeça para fora da janela, em uma última demonstração de altivez, ela insultou Jeú, que, em troca, mandou que os servos eunucos de Jezebel a jogassem da janela. Eles obedeceram. Seu corpo sangrento ficou estirado no piso e foi devorado por cachorros.

Por causa das provocações de Jeú contra Jorão e da determinação de Jezebel em pintar o rosto até o fim, "Jezebel" se tornou um termo para a devassidão. O insulto reverberou ao longo dos tempos; em um ponto particularmente baixo da história, a sociedade branca rotulava mulheres africanas escravizadas de jezebéis ou sedutoras, uma desculpa fraca e torpe inventada como eufemismo para os estupros perpetrados pelos senhores. Essa reputação também atravessou a cultura popular: a canção "Jezebel", de Frankie Laine, conta a história de uma menina "feita para atormentar homens" pelo diabo, e a icônica Bette Davis atuou em um filme com o mesmo nome como uma voluntariosa dondoca sulista. Até *O Conto da Aia*, de Margaret Atwood, tinha um bordel chamado Jezebel's, onde as prostitutas também eram chamadas por esse nome. No entanto, mais tarde, sua reputação passou a ser recuperada, mais notoriamente pela revista feminista on-line *Jezebel* e por escritoras como Lesley Hazleton, autora de uma biografia revisionista da rainha bíblica.

Jezebel é uma personagem extraordinária. Transplantada a uma cultura estrangeira quando muito jovem, ela continua se posicionando, com sua sagacidade política, e determinada a preservar sua identidade cultural e religiosa. Apesar das fraquezas do marido, ela é dedicada a ele e à sua posição; há evidências fortes de que era o verdadeiro poder por trás do trono. Embora sempre tenha sido retratada como prostituta, a Bíblia não acusa evidências de que tenha sido adúltera. Muitos estudiosos dizem que sua reputação como "vadia" pode ter a ver com sua devoção a mais de um deus; outros dizem que as sacerdotisas acabaram sendo representadas de forma misógina como prostitutas. Para escritores revisionistas cristãos, Jezebel não só representava mulheres com poder, voz e opinião, mas ela também encarnava a religião antiga. Para garantir que o deus mais novo, Javé, fosse adotado, não só tinham de matar Jezebel como macular sua reputação e arrastar seu nome pela lama, assim como seu corpo, reduzido a restos por um bando de cachorros. Que seu caráter determinado e articulado ainda brilhe como testemunho da mulher incrível e forte que Jezebel deve ter sido.

CAPÍTULO 3

PORTADORAS DE DESGRAÇAS

Destrutivas, devastadoras, agourentas

HELA

DEUSA NÓRDICA

Também conhecida como
Hel

Retratada frequentemente como o arquétipo da deusa malévola, conduzindo uma carruagem, dona de um cão raivoso – afinal, seu nome deu origem à palavra em inglês para inferno (*hell*) –, essa deusa nórdica tinha um propósito mais racional, pois representa a natureza finita da vida humana.

De acordo com o *Edda em prosa*, escrito pelo estudioso islandês do século XIII Snorri Sturluson, o pai de Hela era Loki, o sempre irritante deus velhaco, sua mãe era a gigante Angrboda e seus irmãos eram Fenrir, o lobo, e Jormungand, a serpente gigante cujo corpo passou a abraçar Midgard, o mundo visível. A família fez seu lar em Jötunheimr, a terra nórdica dos gigantes.

Depois de surgirem muitas profecias sobre Hela e seus irmãos, nenhuma boa, Odin ordenou que seus deuses lhe trouxessem aquele bando de irmãos irritantes. Jogando a serpente no mar, Odin fica com o lobo (até o momento em que não consegue mais controlá-lo) e Hela é jogada em uma parte do submundo chamada Niflheim, que depois passa a se chamar Hel por causa dela.

Hela foi descrita como meio viva meio morta, meio cor de pele, meio azul-escura, e é frequentemente retratada como metade esqueleto. Sturluson escreveu sobre ela: "Seu palácio se chama Frio-Granizo; seu alimento se chama Fome; Míngua é o nome de sua adaga; seu servo se chama Sonso; sua criada é Desleixada; seu portal é o Poço do Tropeço; sua cama é Doença; os véus de seu leito são a Luzente Calamidade." Ele também conta que seu reino, Hel, era um lugar cheio de água enregelada e neve onde os sem honra, que tinham uma "morte reles" – não em batalha –, passariam à eternidade.

A DESCIDA A HEL

Sturluson considerou de grande importância a jornada para esse lugar. Ao perecer, a alma primeiro atravessa Helveg, uma estrada tortuosa, depois confronta uma gigante chamada Modgud – a lutadora furiosa – e então Garmr, o cão de guarda de Hel, que é manchado de sangue e tem aparência medonha, mas podia ser apaziguado com um bolo de Hel.

O reino de Hel tinha várias mansões enormes, cada uma com um séquito de criados. Nas histórias mais antigas, não é retratado como um lugar lúgubre; os que levariam uma boa vida encontravam a paz ali. Em algumas sagas, no entanto, o papel de Hela era mais ativo e ela saía para ceifar os mortos cavalgando um cavalo branco de três pernas e usando um ancinho ou uma vassoura.

O *Edda em prosa* também conta a história da morte do deus Baldr, amado filho de Odin e Frigga. Baldr é enterrado segundo a tradição viking, em um barco, e faz sua última jornada para Hel. Hermodr – filho de Odin e mensageiro dos deuses – se oferece para ir até Hel e levar Baldr de volta para Asgard, a morada dos deuses. Quando chega lá, Hermodr diz a Hela que os deuses choraram até as lágrimas secarem por causa de Baldr, mas a deusa se mantém fria e sem misericórdia, e exige que todos os seres existentes, vivos ou mortos, chorem, e só então ela permitiria a volta de Baldr ao reino dos vivos. Quando o *troll* Pokk (que se acreditava ser Loki disfarçado) se recusa a verter uma lágrima, Baldr é condenado a passar a eternidade em Hel. Depois, a história prevê que, no ciclo final de batalhas, conhecido como Ragnarök, Hela juntaria um enorme exército macabro dos mortos para lutar junto a seu pai, Loki.

Hela, com seu rosto metade decomposto e seu exército de cadáveres, é um prato cheio para a cultura *pop*. Dizem que a aparência dela inspirou a máscara do arlequim, essa figura presente nas *performances* da *Commedia dell'arte*, um gênero teatral que floresceu no final do século XVI na Europa.

> "Seu palácio se chama Frio-Granizo; seu alimento se chama Fome; Míngua é o nome de sua adaga; seu servo se chama Sonso; [...] os véus de seu leito são a Luzente Calamidade."
> — STÚRLUSON, *EDDA PROSAICA*

Mais recentemente, a série *Game of Thrones* escolheu a dedo alguns aspectos dessa história como inspiração; e Hela também tem um papel importante no filme da Marvel *Thor: Ragnarok*, vivida pela atriz Cate Blanchett. Ela é, como seria de esperar, uma espécie de modelo para bandas de metal escandinavo. A letra da música "Hel", da banda Amon Amarth, se baseia muito na descrição tenebrosa que Snorri faz dessa deusa.

Muito depois, sugeriu-se que Hela talvez não tenha sido sempre uma completa vilã, e que a narrativa de Snorri tenha sido uma tentativa de integrar a religião antiga com o novo cristianismo. Fontes em nórdico antigo são um pouco mais ambivalentes quanto à natureza de Hela e seu reino: eles não viam esse lugar tanto como ambiente de sofrimento para as almas, mas sim como um lugar onde a vida continuava, muito próxima ao que era no mundo mortal. Por toda a Europa, deusas muito semelhantes, como Holle e Holda (ver "Pehta", página 34), eram representadas de forma muito mais claramente positiva, como deusas-mãe, de abundância, ligadas à agricultura e à vida doméstica. Hela é a deusa da morte e do além-vida, mas isso no contexto da ordem natural das coisas, e não como uma divindade que traz destruição ou má sorte.

Hela é a personificação da "anciã", pensando na tradição da deusa tríplice que inclui donzela, mãe e anciã em muitas religiões. A anciã significa o capítulo final da vida, a escuridão antes da alvorada, e tem de morrer para que a donzela viva e o ciclo recomece. Para haver crescimento, é preciso haver também morte e decomposição. Sua representação como metade cadáver em decomposição é uma indicação de sua abordagem direta e reta da morte. Ela é uma pastora da morte, oferecendo um porto seguro para os que não morreram de forma "nobre", cuidando das almas dessas pessoas. Infelizmente, para Hela, essa honestidade brutal, ao longo dos séculos, foi reduzida a uma representação unívoca do mal.

MORRIGAN

DEUSA CELTA

Também conhecida como
Morrígan
Morrígu
Mór-Ríoghain

Seria Morrigan a peculiar rainha dos Tuatha Dé Danann, os seres sobrenaturais da Irlanda? Ou parte de uma gangue de mulheres arruaceiras? Seja como for, tem sempre poeira levantada perto dessa deusa belicista e metamórfica cuja forma favorita é o corvo. Morrigan se tornou um modelo a ser seguido por garotas góticas ao longo dos séculos.

A narrativa sobre Morrigan é bastante sangrenta. Ela é entusiasta da guerra e dá forças aos guerreiros, levando-os ao estado de furor necessário para enfrentar uma batalha. Sua sede de sangue a faz incentivar os lados opostos na guerra, lançando relâmpagos mágicos, dançando na ponta de espadas e lanças, dando gargalhadas sinistras e acicatando os soldados para que entrem no frenesi necessário para a vitória.

No entanto, ela é mais do que uma torcedora violenta. A mitologia irlandesa tem o hábito de reunir seus deuses em grupos: as deusas telúricas, os três deuses artífices e os três deuses da habilidade. Na rica mitologia irlandesa,

existem até cinco aspectos da Morrigan, mas três são mais comuns. O primeiro é Badb, que se transforma em corvo para dar o alerta de conflito iminente, sobrevoando os campos de batalha e crocitando suas profecias. Ela se junta às lutas em sua forma feminina, confundindo as tropas. Ela também é psicopompa – acompanha as almas dos soldados mortos para o além-vida. Macha, o segundo aspecto, é profundamente conectada à terra, ao solo, às plantações, às famílias e às riquezas naturais, e cuida do bem-estar da nação irlandesa. Pivô na escolha de futuros reis, sua influência determina o poder soberano. É também uma corredora e chegou a vencer uma corrida contra cavalos mesmo nos estágios finais da gravidez. Depois da vitória, ela deu à luz gêmeos e morreu, lançando uma maldição sobre os homens de Ulster: eles sentiriam as dores do parto sempre que uma guerra estivesse iminente. Annan é o terceiro aspecto da tríade, uma irmã mais suave, associada à fertilidade e ao gado, que conduz os soldados mais fracos no campo de batalha, confortando-os até a morte. Alguns escritores contemporâneos a substituem pela furiosa guerreira Nemain.

> "Sobrevoa zunindo franzina anciã, pulando de ponta em ponta sobre armas e escudos; É a grisalha Morrigan."
> — POEMA TRADICIONAL COMEMORANDO A BATALHA DE MAGH RATH

CONTOS DA MORRIGAN

A primeira menção escrita à Morrigan ocorre no século VIII, em manuscritos em latim que usam seu nome como termo genérico para um monstro fêmea. No entanto, sua primeira aparição por escrito como entidade solo ocorre no *Ciclo de Ulster* da mitologia celta, uma série de poemas dos séculos VII e VIII antologizados entre os séculos XII e XV. Acredita-se que as narrativas se passem no século I, e as histórias falam sobre a relação entre Morrigan e Cú Chulainn, um dos jovens heróis mitológicos mais famosos da Irlanda. É a velha história: menino encontra menina, menina oferece sexo, menino recusa, menina revela ser deusa da guerra incrivelmente poderosa. Depois de Cú Chulainn rejeitar sua aproximação, Morrigan fica furiosa, determinada a se vingar, e tenta fazer isso na forma de uma enguia, depois como uma loba e uma vaca, mas Cú Chulainn é mais esperto do que ela e a derrota. Finalmente, ela se transforma em uma velha ordenhando uma vaca e consegue enganá-lo, convencendo-o a curar suas feridas.

Depois, Morrigan aparece de novo para Cú Chulainn, desta vez como lavadeira esfregando uma armadura sangrenta em um riacho, o que era um mau agouro. Muitos anos depois, Cú Chulainn é mortalmente ferido em batalha e se amarra a uma rocha com as próprias tripas para morrer heroicamente, de pé. Sua morte é marcada por um corvo que pousa em seu ombro – um último adeus de sua nêmesis Morrigan? Talvez.

Em *Cath Maige Tuired* (As batalhas de Maige Tuired), saga que, se acredita, foi escrita entre os séculos VI e X, mas preservada somente em um manuscrito do século XVI, Morrigan é sedutora. Ela convida Dagda, um chefe de tribo e deus da fertilidade dos Tuatha Dé Danann, a fazer sexo com ela em um ritual para obter sorte na guerra, no festival de Samhain. Esse é um dos festejos mais importantes dos celtas, uma época em que o gado era conduzido de volta para os vales e as pessoas se preparavam para o inverno. Talvez a união entre Dagda, deus da abundância, cheio de vida, e a deusa obcecada com a morte que era Morrigan simbolizasse o verão dando lugar a uma época de maior escassez e mais fria. Depois do encontro, Dagda vai para a guerra e se torna testemunha do poder dos encantamentos da deusa; seus poemas, proferidos em guinchos, ajudam a derrubar os inimigos no mar. A batalha termina com Morrigan prevendo o fim do mundo enquanto recolhe mancheias do sangue do rei morto para devolver ao rio onde ocorreu o confronto.

A história de Morrigan surgiu em uma época marcada por lama e sangue na história do país. A Irlanda Antiga era um lugar de rancores tribais, roubo de gado e contendas políticas. A força bruta na guerra era essencial; então, ter ao lado uma deusa da guerra aterrorizante seria um incentivo e tanto. Contavam-se histórias sobre essa mulher feroz nas concentrações antes das batalhas, dando força aos soldados jovens e amedrontados, incutindo neles o furor da luta.

A imagem *sexy* e durona de Morrigan foi bem aproveitada pela cultura popular: ela é uma fonte de inspiração para letras de *black metal*, uma personagem de videogame que chama a atenção de meninos e meninas, além de fazer várias aparições em ficção científica. Se formos mais além da imagem, no entanto, encontraremos muito mais do que uma cara emburrada, um corvo e uma lança. Ela é multifacetada e nos lembra de que tanto a luz quanto a escuridão são parte dos vaivéns da vida. Suas sementes do caos e sua influência belicosa sobre os soldados – que os atira em direção à morte – têm outros lados: a vidente, a cuidadora e a influenciadora de tronos são três aspectos que demonstram sua complexidade. Eles nos lembram de que a força e o impulso de batalha de Morrigan vêm de seu amor profundo pela própria terra. Ela age para garantir que o solo seja fértil, que as pessoas estejam seguras, que façam boa passagem da vida para o mundo dos mortos. É essa natureza passional e tenaz que inspira seus devotos a encontrar forças para lutar contra seus próprios demônios.

AS VALQUÍRIAS

ESPÍRITOS NÓRDICOS

Também conhecidas como
Valkyrja

Fortes, belas, poderosas, as valquírias cavalgam sem sela pelos céus, brilhando com sua feminilidade feroz. Escudeiras de Odin, um dos principais deuses nórdicos, elas levam as almas dos mortos para a glória eterna. No entanto, suas versões mais antigas eram mais sombrias e complexas.

Os guerreiros nórdicos temiam e, ao mesmo tempo, festejavam o som dos cascos trovejantes dos corcéis das valquírias. No ápice de uma batalha sangrenta e ruidosa, as donzelas guerreiras, usando armaduras reluzentes e com espadas em punho, galopavam por entre as nuvens, mergulhando e recolhendo as almas mais corajosas entre os mortos em combate e carregando os heróis para a Valhalla de Odin, o palácio dos guerreiros mortos. As valquírias serviam carne e hidromel para os heróis em Valhalla enquanto eles esperavam ser chamados para lutar na batalha final de Ragnarök, a guerra em que todos os homens e deuses pereceriam.

SELETORAS DOS MORTOS
Na *Edda Poética*, coleção de sagas nórdicas antigas dos séculos XIII e XIV, em suas versões mais antigas, as

valquírias são descritas como sanguinárias, às vezes retratadas como corvos que carregam carniça, com lobos raivosos como animais de estimação. O nome "valquíria" significa literalmente "seletora dos mortos" – elas escolhiam os soldados que levariam para Valhalla, influenciando o resultado das batalhas e usando mágica para conduzir a ação. Essas mulheres brutas e brutais eram tudo, menos imparciais: elas protegiam ou treinavam seus guerreiros favoritos, se apaixonavam e executavam planos rancorosos, além de usarem o campo de batalha como cenário para seus feitos vingativos. Dizia-se que a aurora boreal era o reflexo de seus escudos e suas armaduras, e que o orvalho e o granizo caíam das crinas de seus cavalos.

Uma das descrições mais macabras dessa versão antiga das valquírias está em *Helgakviða Hundingsbana I*, um poema do *Njáls saga*, épico islandês do século XIII. Essa parte da narrativa se passa na Irlanda, logo antes da Batalha de Clontarf, uma luta entre Brian Boru, o rei da Irlanda, e uma aliança de irlandeses e nórdicos. Um homem chamado Darrað vê doze valquírias usando um tear medonho, feito de restos mortais humanos. Cabeças decepadas servem como pesos, uma espada, como lançadeira, e flechas, como as varas. Tripas e entranhas humanas servem como material da trama dessa tapeçaria hedionda. As valquírias tecem alegremente a sorte dos exércitos, escolhendo quem vai morrer e imprimindo sua sina no tecido de carne.

Depois, sua imagem passou a ser mais romantizada – foram retratadas como mais suaves, mais loiras, mais sentimentais. Nada de teares de ossos: elas passaram a pentear os cabelos e bronzear os membros. Foram rebaixadas a escudeiras de Odin, perdendo um pouco daquela ferocidade e de suas peculiaridades, passando a uma imagem mais insossa de servidão: no entanto, continuaram falando alto, fortes, dispostas a dizer a que vieram.

A valquíria mais famosa era Brunilda (Brynhildr ou Brunhild), cuja história complicada aparece na *Völsunga Saga*, do século XIII. Amaldiçoada por Odin, ela é exilada em um castelo no topo de uma montanha e tem de ficar dormindo até que algum homem a resgate. O herói Sigurd entra no castelo, se apaixona pela escudeira loira e retira sua armadura, cortando-a fora. Então, ele a pede em casamento, lhe dá um anel mágico e vai embora, com a promessa de voltar e se casar com ela. Brunilda cria um anel de fogo em volta do castelo e se recolhe para esperar o retorno do seu amado. No entanto, em suas viagens, Sigurd encontra uma feiticeira malvada, Grimilda, que queria porque queria que o herói se casasse com sua filha, Gudrun. Grimilda enfeitiça Sigurd com uma poção mágica e ele se esquece da amada Brunilda, casando-se com Gudrun. Para garantir que não haveria chance de reconciliação, Grimilda decide casar Brunilda com seu filho Gunnar.

Este, no entanto, não consegue atravessar o anel de fogo do esconderijo de Brunilda e pede ajuda ao cunhado, Sigurd. Ainda sob o encantamento de Grimilda, Sigurd aceita trocar de aparência com Gunnar e pula o anel de fogo. Brunilda fica impressionada com esse feito corajoso e os dois dividem a cama por três noites, mas, por causa do encantamento de Grimilda e da nobreza inata de Sigurd, nada sexual acontece. Gunnar e Sigurd voltam cada um à aparência original e Brunilda fica sem saber de nada.

Isso até o momento em que Gudrun e Brunilda discutem sobre qual marido era o mais corajoso. No calor do momento, Gudrun revela a verdade. A memória de Sigurd retorna de repente, mas, por mais que tente explicar o que aconteceu a Brunilda, sua fúria se transforma rapidamente em desejo por uma vingança implacável contra o amante que ela acredita tê-la rejeitado. Sem emoção nenhuma, ela pede ao novo marido, Gunnar, para matar Sigurd. Ele não concorda, mas seu irmão mais novo, Gutthorm, aceita o desafio e mata Sigurd enquanto ele dormia. O herói, já agonizante, ainda consegue desferir um golpe mortal em Gutthorm. Brunilda continua furiosa, no entanto; ela "expele fogo", "cospe veneno" e, num ataque de fúria, mata tragicamente o filho de três anos de Sigurd e Gudrun antes de cometer suicídio jogando-se na pira funerária de Sigurd.

> "É horrível estar agora lá fora enquanto trilhas carmesins passam sobre as cabeças; o céu está manchado com o sangue dos guerreiros, enquanto nós, as valquírias, cantamos canções de guerra."
> — DARRAÐARLJÓÐ

LÁ VEM A GANGUE

As valquírias são, possivelmente, os únicos seres mitológicos que têm sua própria e memorável trilha sonora. Escrita como parte do *Ciclo do Anel*, de Wagner, a gloriosa e arrepiante peça "A cavalgada das valquírias", cheia de pompa, evoca imagens das donzelas cavalgando pelos céus. Ela foi usada de forma dramática no filme de 1979, de Francis Ford Coppola, *Apocalypse Now*, que se passa durante a guerra do Vietnã, em uma cena em que o tema, conduzido por metais, sai berrando de caixas de som acopladas a helicópteros enquanto soldados americanos atacam sem perdão uma vila pacífica e inocente. As máquinas voadoras de metal, com seu rugido ensurdecedor, evocam as mulheres míticas, aterrorizando os aldeães enquanto sobrevoam animadamente a carnificina mortífera lá embaixo.

A mitologia nórdica empodera bastante suas protagonistas femininas, e a habilidade das valquírias de influenciar batalhas vitais é impressionante, colocando-as no centro da ação em muitas sagas. As valquírias amavam e lutavam intensamente. Eram como uma gangue de garotas duronas, só que a cavalo e com roupas iguais, lâminas afiadas, capacetes e uma atitude do tipo "viver muito, morrer cedo". Seu impacto mudou os rumos da história – elas escolhiam quem morreria ou sobreviveria em algumas das batalhas mitológicas mais importantes – e sua voz ecoou através dos séculos.

PONTIANAK

ESPÍRITO MALAIO

Também conhecida como
Kuntilanak
Matianak
Kunti
Churel

Tome cuidado se vir uma bela mulher misteriosa, de vestido branco esvoaçante, com os cabelos no rosto. Pode ser uma *pontianak*, um espírito malaio mal-humorado que adora se alimentar de órgãos humanos.

Embora se acredite que histórias sobre criaturas vampirescas existam há milênios, elas só começaram a ser registradas de fato por volta do século XIX. Pontianak é uma cidade na costa oeste de Kalimantan (a parte indonésia da Bornéu moderna), e dizem que esse nome vem dos espíritos de cabelos longos que assombravam o primeiro sultão da região, Syarif Abdurrahman Alkadrie (1730-1808). Alguns afirmam que ele derrotou essas estripadoras, outros, que foi consumido por elas. Outras histórias sobre fantasmas femininos aterrorizantes foram documentadas por etnógrafos ocidentais quando a área foi colonizada, no fim do século XIX.

Remanescentes fantásticas de crenças animistas pré-históricas, as *pontianak* são um tipo de "monstro" entre os vários encontrados no sudeste asiático. Suas histórias se misturam com tradições hinduístas e budistas e foram absorvidas pelas práticas muçulmanas.

Algumas criaturas semelhantes são, por exemplo, as *penanggalans*, que se manifestam como cabeças de mulher engolindo entranhas, e as *lang suir*, que são *banshees* (ver página 126) que se transformam em corujas.

Uma corrente de pensamento acredita que as *pontianaks* sejam espíritos de mulheres que morreram no parto ou enquanto estavam grávidas. Outra diz que são os fantasmas de meninas natimortas. As duas versões são muito parecidas na forma de se manifestar, e querem vingança pela própria morte ou pela morte dos filhos.

Vivem em bananeiras durante o dia, mas saem por aí à noite, principalmente quando é lua cheia. Podem anunciar sua presença por meio de latidos de cachorros ou choro de criança, que vão ficando mais baixos à medida que o espírito se aproxima. Ou você pode sentir o cheiro de uma *pontianak* antes de vê-la, o aroma das flores de jasmim-manga pairando no ar. Ela tem cabelos longos e jogados no rosto. Por baixo desses cabelos há uma bela mulher de pele alva e olhos vermelhos, usando um vestido branco manchado de sangue, com unhas longas que brilham à luz da lua. Aquele perfume adocicado se transforma no odor de carne em putrefação quando a vulnerabilidade aparente da *pontianak* começa a se transformar em agressão e ela assume sua forma horrenda e vampiresca. E aí ela ataca, rasgando a barriga das vítimas com suas garras, arrancando as entranhas e sorvendo tudo com furor. Às vezes, ela destroça a genitália dos homens e só há uma forma de fazê-la parar: enfiando um prego de caixão em um buraco que ela tem na nuca. Isso transforma as *pontianaks* em esposas subservientes, dóceis, sorridentes – é só não tirar o prego dali.

FIGURAS APAVORANTES OU EMPODERADORAS

Pontianaks ainda estão em voga no folclore contemporâneo, tanto que saem notícias de aparições nos jornais, e em imagens escuras e borradas de vídeos do YouTube. Suas silhuetas brancas flutuam por corredores apertados de prédios de apartamentos, em parques bem cuidados pela vizinhança, até mesmo em filiais do Starbucks. Pais dizem aos filhos que eles têm de se comportar, senão a *pontianak* vai pegá-los. Dizem às filhas que elas têm de ser recatadas e arrumadinhas para que não se pareçam nem se comportem como esses monstros vampirescos.

Esse imaginário intenso serviu de material para diretores de cinema do final da década de 1950, quando surgiu uma série de filmes sobre as *pontianak* que fizeram muito sucesso, a tal ponto que, no início da década de 1960, filmes de terror malaios foram reconhecidos como um verdadeiro gênero de cinema. E há uma retomada desse gênero no século XXI, vide o muito bem nomeado filme malaio *Tolong! Awek Aku Pontianak* [Me ajude, sou uma Pontianak] (2011). O curta-metragem da cineasta moradora de Kuala Lumpur Amanda Nell Eu, *It´s Easier to Raise Cattle* [É mais fácil criar gado], virou o clichê de ponta-cabeça, e retrata uma amizade cheia de ternura entre duas amigas, uma das quais é *pontianak*.

> "Vivenciamos dois pesos e duas medidas quanto à agressividade masculina e feminina. A agressividade feminina não é considerada real. Ela não é perigosa, é bonitinha, só. Ou então é autodefesa, ou inspirada em um homem. Nos raros casos em que a responsabilidade de fato recai sobre a mulher, ela é tachada de monstra: uma 'mulher anormal'."
> — KATHERINE DUNN

Não é coincidência que a popularidade das *pontianak* aumente sempre que a balança da igualdade sexual pende para um lado. Seja nos anos 1950, quando as mulheres começaram a afirmar sua independência, ou nos anos 2000, quando os nichos extremistas islâmicos lhes tiraram boa parte dessa autonomia, essas figuras podem ser uma representação do medo do poder das mulheres, uma demonização daquelas que não se conformam com as "normas" femininas de domesticidade. O extermínio dessas criaturas nos filmes pode ser a expressão de uma fantasia de controle dessas mulheres selvagens, transgressoras. Um prego na nuca da *pontianak* é capaz de domar a criatura, de revertê-la à mulher "ideal", de restaurar a ordem, de reforçar o patriarcado.

No entanto, algumas mulheres malaias contemporâneas rejeitam a ideia da *pontianak* neutralizada, preferindo se inspirar no poder e na autonomia da criatura indomada. A *pontianak* pode andar na rua de noite sem ter medo. Ela representa a vingança que muitas mulheres não podem exercer sobre homens violentos, sobre estupradores e sobre aqueles que enxergam mulheres como inferiores ou tentam coibir sua liberdade. Com suas unhas longas, capazes de rasgar a carne, e sua natureza violenta, a *pontianak* representa uma corporificação das frustrações dessas mulheres. Talvez o seu estilo de vida selvagem e feroz e sua rejeição das limitações convencionais sejam mais atraentes do que uma vida confinada à pia, ao fogão e ao berço.

BAOBHAN SITH

VAMPIRA ESCOCESA

Belas, porém implacáveis e sedentas por sangue, as hipnotizantes *baobhan sith* se vingam, com requintes macabros, dos homens adúlteros em nome de suas irmãs terrenas.

Por todo o mundo, existem histórias de grupos de vampiras mulheres: as súcubos, as *qarinah* árabes e as *estries* judaicas. Todas têm aparência de belas mulheres que seduzem as vítimas (em geral homens) enquanto estão dormindo, ou quando caem na tentação e sucumbem à sedução dessas monstros. As *baobhan sith* têm algo de etéreo, são uma mistura de vampiro, fantasma, fada, e são totalmente apavorantes.

Uma *baobhan sith* típica costuma ser vista na natureza, assombrando florestas, trilhas nas montanhas e estradas solitárias pelos vales. Elas gostam de vestidos verdes – a cor favorita das fadas – com comprimento longo para esconder suas patas e cascos. Mas só podem ficar à espreita até o sol nascer. Seu hálito paira como geada no ar e elas têm o poder de comandar o clima: brumas e nuvens da cor da pelagem das lontras escon-

> "Toda ficção de vampiro vai reinventar os vampiros como for conveniente. Você pega o que precisar."
> — JOSS WHEDON

dem seus movimentos e confundem os viajantes. A *baobhan sith* é capaz de mudar de forma, tomando a aparência de lobo ou corvo, mas sempre prefere a forma sedutora e telúrica da mulher.

As *baobhan sith* são telepatas: elas não precisam de linguagem. Também têm olfato sobre-humano e conseguem farejar os caçadores pelo cheiro de sangue em suas roupas. Esses poderes levam-nas até as presas, sempre homens, e muitas vezes àqueles desejosos de companhia feminina. Elas têm seu calcanhar de Aquiles, no entanto: não se dão bem com o ferro, e é só colocar uma pedra em cima de sua cova que a *baobhan sith* será impedida de sair por aí.

O termo *sith* significa "povo dos morros", e se refere aos povos que se acreditava terem ocupado a Escócia na pré-história. Isso sugere que o medo das *baobhan sith* pode ser tradição já há milênios. No entanto, o ápice do temor a esses espíritos deve ter ocorrido entre os séculos XVI e XIX, quando elas foram usadas como propaganda contra pagãos, e se dizia que o som dos cascos das mulheres batia e ecoava no chão como os pés do diabo.

Uma das histórias mais famosas sobre as *baobhan sith* envolve quatro caçadores. Eles haviam conseguido um remoto *bothy* (pequena cabana de pedra) para passar a noite. Com o fogo reluzindo na lareira, comem um bom jantar e a diversão começa: todos bebem e dançam. Apesar do clima festivo, três deles começam a discutir sobre como era meio esquisito que quatro homens estivessem dançando sozinhos e o quanto seria melhor se houvesse algumas mulheres ali para levantar o espírito. O rabequista discorda e declara estar feliz com sua esposa e não precisar de companhia nenhuma. Bem nessa deixa, ouvem alguém bater na porta. Quando eles abrem, quatro belas mulheres estão ali paradas, vestidas de verde. "Estamos perdidas", diz uma delas. "Podemos entrar e nos juntar a vocês?"

É aqui que você imagina que os homens ao menos parariam para pensar em quais são as chances de um grupo de mulheres atraentes aparecer do nada ali, pedindo para se juntar à festa. No entanto, eles pensavam com o que têm dentro das calças (ou *kilts*) e não com o cérebro, até mesmo na Escócia Antiga, e as mulheres são convidadas a entrar. A noitada vai ficando cada vez mais animada; os convidados encontram pares e a dança vai esquentando. No entanto, o músico percebe uma coisa perturbadora: gotas de sangue pingando de uma mulher. Ele olha mais de perto e, quando a barra da saia se levanta, com os movimentos da dança, ele consegue ver os cascos dela. As mulheres, percebendo que o segredo havia sido revelado, mostram suas garras afiadas e começam a rasgar o pescoço dos parceiros de dança. Aterrorizado, o músico joga sua rabeca no chão e sai correndo pela noite fria. A mulher com quem estivera conversando corre atrás dele, com as unhas longas arranhando a nuca do homem, mas ele consegue se safar e se esconde entre os cavalos. Embora ela tente chegar mais perto, algo a impede de se aproximar: as ferraduras dos cascos o protegem.

Percebendo que a única coisa que ele podia fazer era ficar quieto, o homem passa uma longa e fria noite com os cavalos. Quando vem a alvorada, ele cambaleia em direção à cabana, atordoado. Ao abrir a porta, é confrontado com a imagem de seus amigos mortos, com o sangue já sugado, e seus corpos ressecados no chão.

A história da *baobhan sith* era um "conto de advertência" para incentivar os homens a ser fiéis às esposas. Também se acredita que a saga dos caçadores possa ter surgido em uma época em que a dança era vista com maus olhos pela Igreja católica, e o conto pode ter servido como ferramenta para manter o povo sóbrio e respeitável. A sexualidade das *sith*, seu comportamento sem amarras, representava tudo o que a Igreja temia então.

AS *SITH* NA CULTURA MODERNA

A *baobhan sith* e o clichê da vampira mulher inspiraram incontáveis livros e filmes, desde o séquito de mulheres do Drácula até os filmes macabros de lésbicas sugadoras de sangue; inclusive as forças armadas do Darth Vader levavam esse nome. Mais recentemente, é possível sentir as vibrações das *sith* em filmes como *Sob a pele*, baseado no livro de Michael Faber de mesmo nome, em que Scarlett Johansson é uma alienígena que perambula pela Escócia moderna e seduz os homens com eficiência fria e brutal, condenando-os a uma vida submersa em uma espécie de grude preto.

A *baobhan sith* poderia ser vista como uma figura extremamente fria, com a única função de seduzir os homens. Mas o fato de rejeitarem o papel feminino tradicional as torna interessantes. A violência é calculada, mas, assim como as fúrias (página 64), elas têm seus motivos para escolher as vítimas: são homens infiéis, e as *sith* são vigilantes, agindo em nome das mulheres que ficam em casa enquanto os maridos caçam, dançam, flertam. Elas são socialmente subversivas, virando construções de gênero de ponta-cabeça, são destruidoras e não criadoras. Elas não têm medo de usar violência para alcançar justiça social.

Basicamente, se você teme que o seu parceiro esteja considerando pular a cerca durante uma viagem, não se preocupe: a *baobhan sith* está aí para ajudar.

LILITH

DEMÔNIO JUDAICO

Também conhecida como
Lilit
Lilitu
Lillu
Lilin

Na mitologia judaica, a primeira mulher não foi a submissa Eva, foi a feminista radical Lilith. Agora, depois de séculos sendo demonizada por sua assertividade sexual, ela vem adquirindo um novo papel como heroína popular, que ressalta as qualidades femininas como positivas.

Lilith aparece pela primeira vez no poema épico sumério *Gilgamesh e a árvore huluppu* (2000 a.C.) como um demônio fêmea exilado por Gilgamesh. Uma tábua de argila dessa época a retrata nua e com asas de pássaro, chifres e garras no lugar dos pés. Acreditava-se que ela roubava as crianças babilônicas que não estivessem protegidas por amuletos e talismãs. Muitas narrativas sobre suas ações se espalharam por toda a região.

Quando a Bíblia foi escrita, em boa parte do Oriente Próximo, o nome "Lilith" já era usado para designar demônios noturnos. No livro de Isaías, a única menção a ela na Bíblia diz que Lilith vive em locais ermos e a compara a uma coruja-das-torres. A alusão à ave deve ter sido inspirada pelas aventuras noturnas de Lilith, mas, além disso, é um aspecto que a coloca no panteão das mulheres e deusas mitológicas associadas com a coruja, tais como Atena (grega), Blodeuwedd (celta), Lakshmi (hindu), Hi'aka (havaiana), as *lang suir* (malaia, ver Pontianak, página 98) e La Diablesse (caribenha). O Talmude, compilação de jurisprudência judaica escrita entre os anos 500 e 600, descreve Lilith de forma demoníaca como uma figura de cabelos longos e asas, uma súcubo vampiresca que visita os homens à noite, os leva ao orgasmo enquanto dormem e rouba o esperma para se autoinseminar e criar legiões de filhos bastardos demoníacos. Por isso, se aconselhava aos homens que não dormissem sozinhos. Essa versão servia tanto como advertência contra o lado devasso da noite – sensualidade selvagem, liberdade – quanto como forma de desencorajar os rapazes a se masturbarem, algo que os rabinos judeus viam como pecado mortal.

 O primeiro registro descrevendo o papel de Lilith na vida de Adão está no *Alfabeto de Ben Sira*. Esse volume era um *midrash* medieval – uma interpretação quase satírica de eventos registrados na Bíblia com uma pitada de tradição oral judaica – datado de algum ponto entre os anos 700 e 1000. Esse texto tece observações sobre duas versões contrastantes da primeira esposa de Adão no Gênesis, e conclui que a autoconfiante Lilith havia sido feita do mesmo barro e ao mesmo tempo que Adão, e que os dois teriam direitos iguais enquanto residentes do Jardim do Éden. Imediatamente depois de ser criada por Deus, segundo o Talmude, Lilith questiona Adão sobre a hierarquia presumida, uma conversa que explode em uma discussão escabrosa sobre sexo. Adão diz a Lilith que esperava uma relação sexual em posição missionária, com ela por baixo, e dá a entender que isso se aplicaria ao relacionamento como um todo, ou seja, ele por cima. Lilith gargalha na cara de Adão e diz: "Você está debaixo de mim. Nós dois somos iguais porque viemos da terra." A discussão fica cada vez mais acalorada, Lilith usa o nome de Deus em um momento de raiva e sai voando na calada da noite. Adão, furioso, reza a Deus pedindo ajuda, e Deus ordena que três anjos, Senoy, Sansenoy e Semangelof, sigam Lilith. Deus também tem uma conversa privada com Adão, e diz, ameaçador: "Se ela quiser voltar, melhor assim. Se não, terá de aceitar que cem de seus filhos (demônios) morrerão por dia."

 Os anjos encontram Lilith em seu esconderijo perto do Mar Vermelho e informam os termos do acordo de Deus. E Lilith toma uma decisão: escolhe a solidão e a perda de seus filhos demoníacos em vez da submissão e se recusa a voltar. A punição de Deus faz efeito e todos os dias cem de seus filhos são mortos. Mas suas ameaças não são da boca para fora: ela se vinga usando crianças humanas. "Fui criada somente para levar doenças às crianças. Se for um menino, estará sob o meu domínio por oito dias depois de nascer e, se for menina, por vinte."

 E assim Lilith se torna um folclórico demônio matador de crianças, o terror alado que causa abortos naturais e mortes de bebês, embora tenha feito uma concessão aos seus três perseguidores: que as crianças que usassem um amuleto com os nomes ou as imagens dos três anjos seriam poupadas.

> "Você está debaixo de mim. Nós dois somos iguais porque viemos da terra."
> — JESÚS BEN SIRAK, *SABIDURÍA*

Será que ela era mulher demais para Adão? Ele, é claro, se casa com uma esposa mais submissa, Eva, criada a partir de sua costela.

Lilith foi demonizada literal e figurativamente. Sugeriu-se que sua história, como costuma ser o caso com deusas infames, possa ter sido introduzida como advertência para mulheres que ousassem ter a ideia de exigir mais direitos. Eva foi tomada como o modelo (quase) absoluto de como deveria ser a mulher judia da época: submissa, que deixa o marido fazer o que quer, seu único pecado sendo o gosto pelo fruto proibido do sexo. Lilith, por sua vez, representava a liberdade, livrar-se dos grilhões do casamento, e também impulsividade e segurança quanto aos próprios ideais. Essas duas mulheres, uma beta, a outra alfa, poderiam ser as duas metades de cada mulher: uma que cumpre tudo o que a sociedade espera dela e a outra mais arrojada, que se recusa a se adaptar.

Quando o Zohar cabalístico foi escrito, na Espanha do século XII, Lilith foi retratada não somente como a primeira esposa de Adão, mas como consorte de Satã, uma sedutora que voa pela noite, seguindo o mesmo modelo do Talmude, e o *yang* caótico da Shekhinah (o lado feminino do *yin* divino). E é essa narrativa sombria sobre Lilith que se torna popular na tradição folclórica judaica em todo o Oriente Próximo e na Europa. Essa associação com o mal total a tornou uma musa macabra para os artistas: Michelangelo a retratou como metade mulher metade serpente; o poeta Dante Gabriel Rossetti descreveu seus cabelos loiros como "o primeiro ouro"; e o escritor James Joyce a chamou de "patrona dos abortos" em seu romance seminal *Ulysses*. A Bruxa Branca do livro de C.S. Lewis, *O leão, a feiticeira e o guarda-roupa*, é descrita pelo senhor Castor como descendente "da primeira mulher de seu pai Adão, [...] a que se chamava Lilith".

RESGATANDO LILITH

Mais recentemente, Lilith passou por uma reformulação. Em *The Coming of Lilith*, uma história de 1972, escrita por Judith Plaskow Goldenberg, ela é imaginada como a esposa exilada retornando ao Éden e fazendo amizade com Eva, uma aliança que incomoda tanto a Adão quanto a Deus. Essa Lilith não maniqueísta foi a mulher que se tornou um ícone da segunda onda do feminismo, emprestando o nome a uma revista judaica para mulheres e para o festival itinerante de bandas só de mulheres dos anos 1990, o Lilith Fair. A história de Lilith também se reflete um pouco na série premiada *Killing Eve* (2018), cujas duas protagonistas femininas, supostamente uma "boa" e outra "má", acabam desenvolvendo uma obsessão mútua diante do horror de seus companheiros.

Faz sentido o nome de Lilith ser resgatado em nossa cultura, finalmente. A primeira mulher do mundo judaico ser uma feminista que não dá satisfações a ninguém é algo positivo. Sua atitude desafiadora e sua recusa de ser uma esposa submissa podem tê-la levado a um ostracismo milenar, mas sua reabilitação, que já não era sem tempo, é motivo para celebração.

LOVIATAR

DEUSA FINLANDESA

Também conhecida como
Loveatar
Lovetar
Lovehetar
Louhetar
Louhiatar
Louhi

Ela é malvada, horrenda e tem pavio curto. Seus nove filhos saíram pelo mundo causando doenças fatais e outros flagelos. Loviatar é a deusa finlandesa que amamos odiar.

Loviatar é filha de Tuoni e de Tuonetar, o rei e a rainha do submundo. Seus pais são conhecidos como péssimos anfitriões; a bebida exclusiva de Tuonetar é a "cerveja do esquecimento", um veneno feito de girinos, cobras peçonhentas, lagartos e vermes, que leva quem o bebe a esquecer sua própria existência.

Loviatar é considerada a filha com o coração mais sombrio, uma verdadeira façanha, considerando que ela é irmã de Kalma, a deusa da morte e da decadência, e de Kipu-Tyttö, a deusa da doença, entre outros filhos do casal. O poema *Kalevala*, compilado no século XIX, pelo finlandês Elias Lönnrot, a descreve, sem rodeios, como "gênio malvado de Lappala".

Embora seja virgem, é fecundada por Iku-Turso, o vento. Loviatar leva seus poderosos filhos no ventre por nove longos anos de tristeza e dor. Enfrenta um

trabalho de parto horroroso, agonizando, se contorcendo por ribeirões, corredeiras e vulcões, vagando pela tundra em meio a ventanias geladas. De acordo com o *Kalevala*, ela finalmente chega ao "jamais aprazível" norte, onde encontra a malévola rainha Louhi, que a acolhe como hóspede e faz o papel de parteira. A rainha lhe dá uma cerveja e a leva para a sauna, onde ajuda Loviatar a dar à luz nove filhos.

QUEBRANDO TUDO

Loviatar nomeia oito dos filhos representando "todos os males e flagelos das Terras do Norte": Tísica, Cólica, Gota, Raquitismo, Úlcera, Sarna, Câncer e Praga. Seu último filho é a representação humana, mas sem nome, daquela que talvez seja a maior aflição de todas: a inveja. Em algumas narrativas, ela também dá à luz uma filha, a quem mata na mesma hora. Os nove filhos da destruição são enviados para a cidade de Kalevala para quebrar tudo, mas são impedidos por Wainamoinen, um heroico sábio que cura seu povo com saunas e seu conhecimento enciclopédico de remédios herbais. Mas é claro que, apesar de sair vencedor da batalha, ele perde a guerra, e os golens-doença vencedores conseguem, afinal, alcançar seu objetivo de dominação mundial.

Apesar de Louhi, a rainha que ajuda Loviatar, ser uma figura separada na obra de Lönnrot do século XIX, nos contos populares mais antigos, os dois nomes aparecem como de uma única personagem. Louhi representa, talvez, um *alter ego* mais positivo da deusa, capaz de transformar sua aparência e de fazer magia poderosa. Nas narrativas mais antigas, ela era uma deusa da lua, conectada aos mortos por meio das estrelas e da aurora boreal. No entanto, quando *Kalevala* foi escrito, em 1848, essa figura já havia sido separada de Loviatar e demonizada como encarnação da fé pagã, mas aniquilada pelo mago Wainamoinen, que representava a nova religião cristã.

> "De alma, coração e semblante sombrios,
> Gênio maligno-mor de Lappala
> Faz sua cama acostada nas beiras
> Da seara de dor e danação."
> — *KALEVALA*

A VERDADEIRA SOBREVIVENTE

Loviatar sobrevive de maneira fragmentada ao longo dos séculos. Mesmo em pleno século XIX, era invocada por meio de amuletos usados durante o parto. Não é surpresa que ela tenha conquistado fãs na cultura popular, nas comunidades de *gamers* e de *doom metal*, com bandas que usam seu nome e com canções *punks* islandesas compostas em sua homenagem. Pode parecer difícil encontrar qualquer coisa positiva a se dizer sobre essa deusa que comandava a morte e a doença, que trouxe ao mundo tanto mal e pode até ter cometido a transgressão máxima de matar a própria filha. Ela não tem nenhuma característica redentora: é rabugenta, carrancuda, e sua única relação, pelo visto, é com alguém tão problemática quanto, Louhi. Mas todo panteão precisa de um vilão caricato para se torcer contra, para os heróis derrotarem: sem eles, não há história, não há conflito, não há resolução. Loviatar nos mostra o que pode acontecer quando uma divindade escolhe o mal em vez do bem.

Nem mesmo essa mais malvada entre as deusas, no entanto, consegue levar a cabo sua missão de destruir a humanidade. Ela lança mão de tudo o que tem – os filhos-praga mais malignos que poderiam existir – contra a humanidade, e, mesmo assim, seguimos, sobrevivemos. Considerando o fracasso de seus nove filhos em causar a destruição total do planeta, Loviatar também pode ser entendida como um emblema meio torto do poder de resiliência humano.

HARPIAS

**MONSTROS
DA MITOLOGIA GREGA**

O nome desses monstros carniceiros aterrorizantes, a personificação meio ave meio gente das ventanias de tempestade, tornou-se sinônimo de mulheres contestadoras, ou mesmo de "megeras" em algumas línguas. Mas o termo agora começa a ser usado para qualquer mulher que lute por mudanças.

As harpias Aello (Tempestade) e Ocypete (Asa Expedita) foram mencionadas por Hesíodo por volta de 700 a.C., que as descreveu como belas donzelas aladas que personificavam os ventos de tempestade. Quando apareceram em uma peça de Ésquilo, no século IV ou V a.C., já haviam se transformado em monstros, com garras de metal e asas, cauda e pernas de urubu. Seus rostos ainda eram de mulher, porém emaciados pela fome; apesar de caçarem comida como aves carniceiras, estavam sempre famintas. Tinham o hábito de defecar por toda parte e exalavam um fedor acre. Eram tudo o que uma mulher grega não deveria ser: gananciosas, feias, barulhentas, anti-higiênicas. O par original, Aello e Ocypete, tornou-se um trio e, à medida que passaram a ser representadas como mais e mais monstruosas, seu número foi crescendo. Zeus, Hera e Atena usavam essa gangue repulsiva como matadoras mercenárias, mandando que punissem quem caía em desgraça.

Os monstros insaciáveis também tiveram um papel na narrativa de Jasão e os argonautas. Durante sua missão, os caçadores do velo de ouro aportaram em uma ilha remota onde encontraram o cego rei Fineu. Ele havia recebido o dom de ler a sorte, mas acabou atiçando a ira de Zeus quando teve visões que revelavam as artimanhas secretas dos deuses. Para punir o rei, Zeus tirou-lhe a visão e o exilou nessa ilha, mas sua tortura final foi digna de um vilão dos filmes de James Bond. Todo dia, Zeus colocava um banquete suntuoso à mesa e, quando o faminto Fineu ia se servir, uma gangue de harpias aterrissava e roubava a comida antes de defecar alegremente pela mesa.

Jasão, revoltado, jura que vai ajudar o pobre e famélico Fineu, e recruta a força bruta dos boréadas, filhos de Bóreas, o deus do vento norte. Juntos, os irmãos ventania expulsam as harpias, perseguindo-as sem parar pelo mundo todo, até que a irmã das mulheres-ave, a deusa Íris, intervém e as harpias se escondem em uma caverna em Creta. Fineu, agradecido, ensina Jasão a navegar pela área perigosa das rochas Simplégades, que batiam uma contra a outra sempre que um navio tentava atravessar.

Desaparecimentos de pessoas também eram atribuídos a esses monstros superágeis e nem as mulheres nobres estavam a salvo: as harpias caçadoras de recompensas levam embora as filhas do rei Pândaro, tirando-as da mãe adotiva, Afrodite, e mandando-as às deusas da vingança, as fúrias (ver página 64), como servas. As harpias também saíam tocando o terror de acordo com a própria vontade, roubando comida, destruindo casas e plantações e criando tempestades. Os gregos antigos colocavam a culpa nelas quando perdiam comida ou itens valiosos ou quando havia algum desastre repentino.

Essas bestas famintas e barulhentas são parte de um panteão mundial de seres cuja tarefa é carregar as almas dos mortos, como Morrigan (página 90) e as valquírias (página 94). É um arquétipo forte, e por toda a literatura e a arte, essas criaturas, retratadas de forma vívida, seguem imortalizadas. Sua aparência distintiva é vista em entalhes de templos e vasos, e escritores romanos e bizantinos também contribuíram para que o nome delas continuasse circulando. Na Idade Média, elas aparecem no sétimo círculo do inferno de Dante, infestando uma floresta assombrada onde os corpos dos que cometeram suicídio eram absorvidos pelas árvores. Essa cena foi imortalizada por William Blake em sua pintura de 1824-27, *The Wood of the Self-Murderers: The Harpies and the Suicides* [O bosque dos auto-assassinos: as harpias e os suicidas].

Graças à sua participação de destaque na saga do velo de ouro, as harpias também fazem pontas nas adaptações da história, incluindo o memorável filme de Ray Harryhausen, de 1963, *Jasão e os argonautas*. Sua aparição rápida e estridente sem dúvida mandou gerações de crianças correndo para trás do sofá de tanto pavor.

No entanto, o nome dessas entidades também foi apropriado por algo que talvez seja mais aterrorizante do que sua encarnação original. Benedick, em *Muito barulho por nada*, de Shakespeare, ao falar sobre Beatrice, diz que preferiria fazer trabalho braçal a se envolver em uma "conferência de três palavras com essa harpia!". O termo "harpia" se cristalizou como uma palavra extremamente generificada para designar qualquer mulher que cobrasse demais, falasse alto demais, ocupasse espaço demais. O nome sugere megera, chata, jararaca, bruaca, bruxa – ou, cada vez mais, feminista.

> "Levanto a minha voz não para poder gritar, mas para que os que não têm voz possam ser ouvidos... não podemos considerar uma luta ganha se metade dos nossos ficar para trás."
> — MALALA YOUSAFZAI

Ele perseguiu mulheres vitorianas quando estas começaram a sair da esfera doméstica e a se profissionalizar. Até mesmo quando as mulheres começaram a dar os primeiros passos em direção ao campo político, a palavra era sussurrada a suas costas nos corredores do poder. Em 1872, a primeira mulher a se candidatar a presidenta dos Estados Unidos, Victoria Woodhull, foi chamada de "harpia". E os sussurros logo se tornaram berros. Uma busca por "Hillary Clinton" e "harpia" oferece mais de 60 mil resultados. O termo define os limites dos homens: você pode aceitar o que lhe servimos à mesa, mas ai de você se tentar se servir sozinha.

NÓS SOMOS AS HARPIAS

A palavra "harpia" agora, em algumas línguas, evoca qualquer mulher que divirja das "normas" da sociedade. Mulheres que são vistas como ambiciosas demais, que falam alto demais, que cobram demais. Aquelas que sentem raiva e lutam por mudanças sociais. Mulheres que são sensuais demais. Mulheres que não são sensuais o suficiente. Tanto *on-line* quanto *off-line*, é uma forma de calar as perguntas e o debate, de reduzir alguém a um estereótipo, um jeito fácil de desviar uma conversa racional, assim como os termos "princesa", "esquerdinha" ou "mimimi".

Agora é hora de reclamar a palavra "harpia", principalmente nas culturas de língua inglesa, onde se usa muito esse termo de maneira pejorativa, e desarmá-lo para que se torne positivo, ou pelo menos para questionar quem o usa de forma abusiva. Para serem aceitas em um mundo mais polarizado, nossas heroínas precisam se tornar mais obscenas, deixando de lado a boa educação, o que é civilizado ou aceitável, para que possam chegar com tudo e pegar o que é delas.

Não vamos ficar esperando que nos deem os restos do banquete. Vamos chegar fazendo algazarra, com nossas asas e garras, e catar o que nos pertence. Sim, estamos com raiva, sim, estamos fazendo um barulhão danado, e, sim, estamos faminhas por mudanças.

Nós somos as harpias.

MEDUSA

MONSTRO GREGO

Sua horrenda cabeça de górgona sibila, cheia de serpentes se contorcendo, e seus olhos transformam em pedra quem os encara. A aparência horrorosa da Medusa é tanto uma maldição como um superpoder, tanto fascinante como repelente. Hoje, sua imagem foi resgatada como exemplo para mulheres que falam o que pensam e para sobreviventes de eventos traumáticos.

As três irmãs górgonas são filhas dos deuses marinhos Fórcis e Ceto. De acordo com o poeta Hesíodo, as górgonas Esteno e Euríale eram imortais, mas a bela Medusa de cabelos dourados era humana. Na versão de Ovídio, as belas melenas de Medusa chamam a atenção do deus dos mares, Poseidon, que a estupra impiedosamente em um templo dedicado à deusa Atena (Minerva no panteão romano). Furiosa com essa profanação, Atena simplesmente põe a culpa na vítima e a amaldiçoa com cabelos de cobras e um rosto hediondo.

Agora considerada tão monstruosa que até mesmo uma espiadela na direção de seu rosto poderia petrificar

quem olhasse, ela se transforma em supervilã. E o encantamento de Atena é tão poderoso que as irmãs de Medusa, Esteno e Euríale, também se transformam em monstros: ganham escamas de dragão, asas enormes e garras e presas afiadas. As irmãs, extremamente leais umas às outras, passam a morar longe de tudo, em uma caverna na ilha de Sarpedon.

O OLHAR MAIS PETRIFICANTE

Pouco se fala sobre a história de vida de Medusa e seu diálogo interno nos anos que se seguem; nada além de sua transformação e o que acontecia com os visitantes da caverna. Será que ela se sentia insegura com sua aparência? Será que a maldição de Atena lhe causou dor ou desejo de vingança? Ou será que se sentiu empoderada com seu novo dom de petrificação? Não deixa de ser maravilhoso imaginar Medusa se sentindo ainda atraente, e que, como sugere a teórica feminista francesa Hélène Cixous em seu ensaio *O riso da Medusa*, quem tivesse a coragem de fitá-la diretamente nos olhos veria que "ela não é letal. Ela é linda e ri".

Depois de toda uma carreira petrificando qualquer guerreiro que ousasse entrar em sua caverna, Medusa encontra o semideus Perseu, que havia aceitado o desafio de decapitar a górgona proposto por seu inimigo Polidectes de forma enganosa. Perseu busca a ajuda de Hermes e Atena e viaja para o covil das três graias, que também eram irmãs das górgonas. As graias têm um único olho e dente, mas não cada uma: um olho e um dente cujo uso alternam entre si. Perseu rouba esses dois itens e só os devolve quando elas lhe contam onde fica o esconderijo de Medusa. Armado com objetos encantados, para ajudar na missão, Perseu encontra a caverna. Lá, ele usa seu escudo polido como espelho para se aproximar de Medusa enquanto ela dorme, olhando para o reflexo em vez de diretamente para ela, evitando assim seu olhar petrificante. Ele mata Medusa com um só golpe da espada, decapitando-a, e coloca sua cabeça em uma sacola. Quando o sangue começa a escorrer, duas gotas caem no chão e na mesma hora se tornam animais fabulosos: Pégaso, o cavalo alado, e Crisaor, um javali alado, ambos filhos de Poseidon, o deus que havia estuprado Medusa tantos anos antes. Esteno e Euríale vão atrás de Perseu, determinadas a vingar a morte da irmã, mas ele usa um elmo de invisibilidade e foge.

> "Pensei que Medusa tivesse olhado para a senhorita, e que se transformava em pedra. Talvez agora queira saber o valor de sua herança."
> — C. BRÖNTE, *JANE EYRE*

Mesmo em estado cadavérico, o olhar da Medusa não perde potência e Perseu passa a usar sua cabeça como uma arma totêmica, que ele tira da sacola e segura na frente dos inimigos para petrificá-los. Lá pelas tantas, a cabeça acaba nas mãos de Atena, que a encastoa em seu escudo para espantar os males. Essa talvez seja a pior humilhação imaginável: Atena, aquela que transformou Medusa em um monstro, usando o rosto morto de sua inimiga para afirmar e multiplicar seu próprio poder.

O mito de Medusa é fascinante e reverbera amplamente na cultura popular. Seu rosto foi usado como amuleto de proteção, entalhado em construções e, notoriamente, retratado no escudo de Alexandre, o Grande. Ela foi imortalizada em pinturas de Caravaggio, Rubens e Leonardo da Vinci, em esculturas de Cellini, Canova e Dalí, e desenvolvida como personagem literária por Percy Bysshe Shelley e Iris Murdoch. Nos dias de hoje, seu rosto (antes de se tornar monstro) brilha no logo da marca Versace.

Politicamente, "medusa" se tornou um termo usado para um tipo específico de comportamento feminino visto como agressivo ou "pouco elegante". Maria Antonieta foi retratada com cabelos que lembram cobras em cartuns do século XVII, e, no início do século XX, postais antissufragistas retratavam as militantes como Medusa. Na campanha para as eleições de 2016 nos Estados Unidos, a imagem da cabeça raivosa de Hillary Clinton, coberta de serpentes, sendo cortada por seu rival republicano Donald Trump – este comparado a Perseu –, surgiu em material extraoficial de campanha. Algo parecido aconteceu com outra importante liderança feminina, a chanceler alemã Angela Merkel, que também foi retratada como górgona. Essas representações reforçam uma mensagem milenar que os homens passam às mulheres: fechem a boca, senão a fechamos por vocês. Ao que parece, se uma mulher tem opiniões e oportunidade de falar, algum *troll* de internet já está a postos com a mão no *mouse*, Photoshop aberto, para colar umas cobras na cabeça dela. A classicista Mary Beard escreveu esta passagem deprimente em seu livro *Mulheres e poder: um manifesto* (2017): "apesar das reconhecidas tentativas feministas de, ao longo dos últimos cinquenta anos ou mais, resgatar Medusa para o poder feminino [...], não houve diferença alguma na maneira como ela tem sido usada em ataques a mulheres políticas".

Medusa agora se tornou símbolo da "monstrificação" e do silenciamento pela violência de mulheres modernas que ousam dizer o que pensam, que ficam com raiva ou simplesmente dão as caras. Ela sobreviveu a um estupro perverso, pelo qual foi culpada e amaldiçoada – algo que pressagia diretamente o movimento global do século XXI #MeToo, que luta contra o abuso sexual, a violência e o assédio.

Fascinante e multifacetada, a figura da Medusa continua sendo um enigma usado de forma variada como símbolo de fúria, proteção, autonomia, vitimização ou força. Depois de ser vítima de maldição, Medusa adquire poder, o poder de matar com o olhar, de transformar em pedra. Ela é ridicularizada, chamada de horrenda, e mesmo assim fascina. Há uma dualidade, um mistério na figura da Medusa. Até mesmo na morte, até quando é silenciada, a força que representa a aparência da Medusa é temida e reverenciada a um só tempo.

LA LLORONA

ESPÍRITO MEXICANO

Profundamente enraizada na cultura e no folclore mexicanos, La Llorona (A Chorona), é o espírito de uma mulher que transgrediu um dos maiores tabus da sociedade: o infanticídio.

De uma beleza estonteante, La Llorona vaga pelas margens do rio Grande e outros corpos d'água no México e em lugares da diáspora, usando um vestido branco esfarrapado, com seus longos cabelos negros brilhando como a superfície da água à luz da lua. Ela chora e se lamenta noite adentro dizendo "*Ay mis hijos!*" ("Ai meus filhos") e, enquanto flutua a alguns centímetros da superfície. Mesmo hoje em dia, no México e no sul dos Estados Unidos, há relatos de aparições, e se aconselha aos jovens que não cheguem muito perto do rio à noite, "senão La Llorona vai pegar!" Se ela vê uma criança desacompanhada, segundo a lenda, ela pega a coitada berrando, aterrorizada, e a submerge na parte funda da água, segurando seu corpinho até que fique sem vida.

Toda cidadezinha ou vila mexicana tem sua própria história sobre esse espírito infanticida. No entanto, a mais popular conta que Maria – o nome de La Llorona em vida –, uma camponesa bela e animada, chama a atenção de um *playboy* da nobreza, os dois se apaixonam e o homem deixa a vida de libertinagem para trás. Depois de montar uma casinha na vila de Maria, eles têm dois filhos. Maria se torna uma mãe dedicada, mas o marido não valoriza seu trabalho doméstico; ele volta aos hábitos antigos e bebe, fica fora de casa até tarde e trai Maria. Um dia, quando ela está andando às margens do rio, tarde da noite, uma carruagem passa e ela vê seu marido beijando outra mulher. Maria explode de raiva, corre de volta para casa e tira os filhos da cama. Ela os leva para o rio e os afoga, e depois deixa que as águas cubram sua cabeça para se juntar a eles. Ao chegar aos portões do céu, lhe dizem que as almas dos filhos não estão lá, então ela volta à Terra, condenada a procurar por eles por toda a eternidade. Sua busca continua, segundo a lenda. Alguns dizem que ela também afoga os homens bêbados ou que traem as esposas.

ÁGUA, ÁGUA POR TODA A PARTE

Historicamente, a presença constante de La Llorona serviu como exemplo para que adolescentes ficassem bem longe de meninos malandros, mas também para que crianças aprendessem a tomar cuidado com rios, lagos, o mar etc. Esse medo era crucial quando não havia água encanada e as crianças acabavam sendo incumbidas de buscar água para uso doméstico. O afogamento era, e ainda é, uma causa de morte comum entre crianças e pré-adolescentes no mundo todo, e essas histórias de mulheres aterrorizantes eram um método eficiente, nas épocas pré-televisão e pré-internet, de cultivar um respeito saudável pelos perigos da água.

Existem narrativas parecidas de monstros que pegam crianças e espíritos famintos rodeando as águas em outros locais do mundo: Jenny Greenteeth (Jenny Dentes Verdes), com sua guirlanda de matinhos, no norte da Inglaterra, e suas irmãs aquáticas de outras partes do Reino Unido cujos nomes são excelentes: Nellie Longarms (Nellie Braços Longos), Peg Powler e a megera do rio Ginny Burntarse (Ginny Bunda Queimada); além da eslava *rusalka*, da japonesa *kappa* e das enormes *bunyips* da Austrália. Embora a história de Maria tenha sido documentada por mais de quatro séculos, alguns acreditam que na narrativa há elementos de uma origem mística mais antiga, como a deusa asteca Cihuacoatl, ou Mulher Cobra, que usava branco e ficava à espreita nas noites escuras, chorando, enquanto as crianças eram sacrificadas à deusa da água, Coatlicue.

Outra teoria é a de que a história de Maria veio da La Malinche, a mulher indígena que serviu como tradutora para o conquistador espanhol do século XV Hernán Cortés. Ela se tornou amante de Cortés, com quem teve um filho, mas ele a abandonou para ficar com uma espanhola. Vista pelo próprio povo como traidora, La Malinche, segundo a tradição oral, mata seu filho em um ato sangrento de vingança, apesar de não haver evidências históricas de que isso tenha ocorrido. Essa versão do conto da La Llorona é uma metáfora mais ampla para a perda da cultura indígena depois das invasões espanholas.

A narrativa de La Llorona é tão maleável que nela cabe a reflexão sobre as questões de cada geração: para os povos colonizados, ela representa sua perda de identidade e história. Mais recentemente, passou a ser vista como um ícone feminista. Stephanie Serrano escreveu em *No More tears: La Llorona at the crossroads of feminism* (Chega de lágrimas: La Llorona na encruzilhada do feminismo): "As novas adaptações da história ilustram as mudanças e a evolução da imagem da chicana, e, mais especificamente, perspectivas dinâmicas da maternidade chicana [...] explodindo o mito da mãe como mulher passiva e fraca ou amorosa e cuidadora."

Não é de surpreender que entre as adaptações da história estejam filmes de terror: La Llorona tem sido personagem de filmes B desde os anos 1960 e também aparece em programas de TV e videogames. É difícil não vê-la como a inspiração por trás da personagem Noiva do filme *cult* de Tarantino *Kill Bill* – uma figura magra, se arrastando, levantando poeira, quase um fantasma surgindo no escuro, uma personagem que acredita ter sido responsável pela morte do filho.

"A mulher é uma fera doméstica, libidinosa e pecadora de nascença, que é preciso subjugar à força de chicote e conduzir com o 'freio da religião'."
— OCTAVIO PAZ, *MÁSCARAS MEXICANAS*

Uma versão da história da La Llorona dança pelos ouvidos dos mexicanos há décadas, senão séculos. A canção folclórica "La Llorona" é trilha sonora dos festejos do Dia dos Mortos. A letra é cantada do ponto de vista de um homem cuja amante chora toda vez que ele tenta deixá-la, e há versões muito conhecidas gravadas por músicos como Raphael, Eugenia León e Joan Baez. A canção aparece como pano de fundo em filmes como *Frida* (2002) e *Viva: a vida é uma festa* (2017).

La Llorona materializa os medos de muitas mulheres que enfrentam dificuldades com a maternidade; o poço fundo de emoções puerperais, que podem ser tão sombrias e sufocantes quanto alegres. A paranoia de perder o próprio eu ou de que as emoções do companheiro não estejam alinhadas às suas. Ela encarna o medo da rejeição que até mesmo as mães mais assertivas podem sentir: se focarem demais nos filhos, será que o parceiro vai ficar ressentido?

De forma meio torta, La Llorona pode ser um modelo que inspira força e dá voz às mulheres, uma indicação de que não estão sozinhas quando vivenciam esses sentimentos fortes e aterrorizantes. Uma faísca de solidariedade, de sororidade, na longa noite hormonal.

BANSHEE

ESPÍRITO CELTA, FADA

Também conhecida como
Bean sí
Baintsí
Ben síde
Baintsíde

O canto de sereia da *banshee* cortando a noite é aterrorizante. Não só pela estridência brutal e agourenta, mas também pelo que seu grito representa: a morte iminente de um membro da família, ou seja, perda e tristeza profunda. Mas será que o medo da *banshee* está calcado também no poder elemental da voz feminina?

Você pode reconhecer uma *banshee* ou *bean-sídhe* (literalmente "mulher-fada") pelo grito agudo, mas sua aparência varia. Ela pode aparecer como uma bela jovem de vestido prateado, com os cabelos brancos reluzentes ou ruivos brilhantes caindo pelas costas. Porém, ela pode surgir como uma anciã suja de lama, com unhas longas e dentes podres, ou talvez como uma senhora sem cabeça carregando uma tigela de sangue, nua da cintura para cima. Essas diferentes aparências refletem o aspecto triplo da deusa Morrigan (ver página 90), que alguns acreditam ser a origem desses espíritos berradores. Muitas delas têm olhos vermelhos de tanto serem esfregados por séculos e séculos de lágrimas, e não raro carregam um pente de prata: até hoje, muitos irlandeses têm receio de recolher um pente perdido ou jogado fora por medo de enfurecer uma fada. Apesar dessa aparência às vezes repulsiva, em geral, a *banshee* é até inofensiva. Ela pode chorar do lado de fora de uma casa nas noites que precedem uma morte ou aparecer para um membro da família. Alguns dizem que as famílias celtas nobres de antigamente tinham, cada uma, sua *banshee*, que era vista como um símbolo de *status*. Quando as famílias emigravam, elas às vezes levavam suas *banshees* para o novo mundo, mas muitas vezes o fantasma ficava para trás, de luto pela perda dos seus.

Uma *banshee* até já previu a morte do rei: segundo se diz, em 1437, o rei James I, da Escócia, foi abordado por uma adivinha irlandesa – uma *banshee* em forma humana – que previu seu assassinato em uma emboscada feita pelo marquês de Atholl. Ele não deu a mínima.

> "Eu estou meio descontrolado hoje. Quero ir dançar na espuma das ondas. Quero ouvir as *banshees* me chamando."
> — R. CHANDLER, *ADEUS, MINHA QUERIDA*

Alguns acreditam que o mito *banshee* tenha se originado dos cantos estranhos e ásperos das corujas (ver "Pontianak", página 98). Elas também têm criaturas irmanadas. Na Escócia, contemporâneas das *banshees* são as *bean-nighe*, ou lavadeiras, com seus pés de pato, seu único dente e seus seios caídos. Elas podem ser vistas cantando uma nênia enquanto lavam mortalhas ensanguentadas em um *loch* (lago) ou em um *ford* (vau) – uma narrativa que talvez tenha sido costurada a partir de fragmentos da história de Morrigan (ver página 90).

As *banshees* foram mencionadas pela primeira vez por escrito por Séan Mac Craith, no relato histórico do século XIV *Cathreim Thoirdhealbhaigh* [ou *Os triunfos de Torlough*]. Uma das criaturas do livro diz: "Eu sou a 'dolorosa das águas' que às vezes vaga pelos relevos desta terra, mas nasci como filha dos *tuatha* do inferno; e venho agora para convidá-los todos, pois não tarda, seremos cidadãos de um só país." Assim como a raça de deuses-fada irlandesa dos *tuatha dé danann* (ver "Morrigan" e "Brígida", páginas 90 e 186), acreditava-se que as *banshees* viviam nos morros fúnebres da Idade do Ferro que se espalham por toda a Irlanda. Seu lamento tipo sirene acompanhava os soldados até a terra desconhecida que é a morte.

Esse lamento cheio de pesar, conhecido entre os mortais como a prática das carpideiras, segundo o folclore, foi inventado pela deusa Brígida, que urrava sobre o corpo alquebrado de seu filho. Acredita-se que as manifestações corpóreas das *banshees* tenham sido as mulheres do século VIII que eram pagas com bebidas alcoólicas para lamentar a morte de alguém e facilitar sua passagem para o Outro Mundo cantando lamentos tristes ou chorando à beira do túmulo, ou seja, *keeners* (carpideiras). Mulheres católicas continuaram a carpir até o século XX, apesar de a prática ser malvista pela Igreja. É uma tradição que ainda acontece em outros locais do mundo, mas foi coibida na história recente da Irlanda. É quase como se a Igreja temesse essa manifestação de pesar, como se os ruídos de desespero fossem explícitos demais, primitivos demais, emocionais demais. Não é à toa que tenham sido substituídos pelo famoso *stiff upper lip* (lábio superior rígido), que sugere controle emocional, bem conveniente para calar as vozes das mulheres. Os padres tomaram de volta para si a responsabilidade pelos funerais, com sua ordem litúrgica e social determinada pela Igreja – dominada por homens –, e passaram a barrar qualquer tipo de luto mais escandaloso.

SOU *BANSHEE*, LIDE COM A MINHA VOZ

Na cultura contemporânea, existem dois tipos de *banshee*. Um é o espírito tradicional, protetor, bondoso, que tem uma conexão profunda com a família que lhe calhou e cujo canto lamenta uma morte iminente. O outro tipo, uma encarnação mais moderna, é mais odioso e horrendo. Seus gritos sanguinários celebram a vinda da morte e se diz até mesmo que ela corre atrás das vítimas urrando, para que cheguem mais cedo ao túmulo. Ela pode ser vista em videogames, filmes de terror e até em episódios do popular desenho animado *Scooby-Doo*.

Esse arquétipo simplista foi usado de forma muito degradante. Em um "textão" publicado nas redes sociais em 2018, Courtland Sykes, um candidato do Partido Republicano dos Estados Unidos, descreveu mulheres que trabalham fora de casa como "*banshees* obcecadas com a carreira". Essa comparação se aproveita de um clichê antigo: de que mulheres, e principalmente as vozes das mulheres, são estridentes e irritantes. Por toda sua carreira política, Hillary Clinton foi ridicularizada por sua risada, chamada de cacarejo, e por sua voz "estridente". Ela é um exemplo do viés de congruência de gênero: se a mulher não se comporta de forma considerada adequada pela sociedade, as pessoas não vão gostar dela nem votar nela. Há evidências de que muitas mulheres, em todo o planeta, tenham tentado inclusive tornar a voz mais grave para poder ser levadas a sério no local de trabalho e até ganhar mais dinheiro.

Esse desconforto com a voz natural das mulheres é evidente no mundo da música também. Espera-se que cantoras mulheres tenham voz bonitinha, mas os homens podem ter voz "diferente", com "caráter". As mulheres do movimento *punk* embaralharam essas expectativas – Siouxsie Sioux deu o nome de Banshees à sua banda –, mas a influência dessas criaturas vai mais longe. "Oh Bondage! Up Yours!", de X-Ray Spex, começa com um encantamento solene proferido pela cantora Poly Styrene, mas termina com ela berrando o título da música. Outras mulheres que queriam romper com o *status quo* musical (e com a banda Status Quo!) também rejeitaram essa expectativa: Big Mama Thornton, com seu rosnado gutural, o latido áspero de Janis Joplin, os gritos catárticos de Courtney Love, os grunhidos de Tina Turner em "River Deep, Mountain High", os berros radicais de Huggy Bear, o uivado-assobio de Kesha, em "Praying", os lamentos e guinchos de Björk, que chocam o público e tiram os ouvintes do estado de complacência. Essas vozes cruas e disformes lembram as *banshee*, exigindo serem ouvidas, inspirando gerações futuras a jogar a cabeça para trás e uivar.

FUTAKUCHI-ONNA

MONSTRO SOBRENATURAL JAPONÊS

Historicamente, muitas sociedades exigiam que as mulheres abafassem suas opiniões, ficassem caladas, comessem pouco e se conformassem com as normais sociais. As *futakuchi-onna*, monstros de duas bocas, representam o resultado natural de seguir tais regras: essa repressão tem de se manifestar de alguma forma.

A *futakuchi-onna* é um tipo entre milhares de *yokai* japoneses, membro de um panteão de monstros fantasmas. Como parte integral da cultura do país desde pelo menos o primeiro século da Era Cristã, os espíritos aparecem em pergaminhos antigos e em outros materiais impressos e textos históricos. No entanto, foi só depois da publicação de uma antologia sobre histórias de fantasmas por Toriyama Sekien, em 1776, chamada *Gazu Hyakki Yako*, que os *yokai* se tornaram febre. O interesse por esses monstros foi reavivado no Ocidente pelo jornalista do *fin de siècle* Lafcádio Hearn com a publicação de uma antologia de lendas que também inspirou os japoneses a redescobrir seu folclore tradicional.

Os *yokai* perambulam pelas áreas rurais e ruas das cidades, e, embora sejam criaturas milenares, parecem

extremamente atuais. Mestres da adaptação, eles se metamorfoseiam e refletem as superstições e preocupações de cada época. Cada história poderia ser um livro; tem a Jorogumo, uma mulher-aranha que muda de aparência, Teke Teke, o espírito vingativo de uma menina que foi partida ao meio por um trem, e Aka Manto, um fantasma malicioso que assombra banheiros perguntando se você quer papel vermelho ou azul (vermelho significa que você será fatiada, e azul que seu sangue será totalmente sugado).

No entanto, as *futakuchi-onna* representam mais do que terror puro. À primeira – e até à segunda – vista, uma manifestação típica dessa criatura vai parecer simplesmente uma mulher, e a característica que a define é seu apetite (meio estranhamente) frugal. No entanto, seus cabelos longos e escuros ocultam um segredo horrendo: na parte de trás da cabeça, ela tem uma boca gigantesca, arreganhando os dentes de tanta fome. Seus cabelos funcionam como tentáculos que agarram a comida e a mandam para dentro da bocarra, que também gosta de xingar e fazer comentários abusivos sem parar.

ORIGENS

Acredita-se que as *futakuchi-onna* tenham sido humanas antes de se transformar em monstros sobrenaturais por causa de alguma maldição ou doença. Elas aparecem em muitas narrativas; uma das mais conhecidas diz respeito a um homem avarento. Ele não quer se casar nem ter família de forma alguma por causa dos gastos com comida. Até que ele conhece uma mulher com apetite de passarinho, fica extasiado de alegria e a pede em casamento quase imediatamente. Sua nova esposa trabalha duro e praticamente não come, o que agrada muito ao sovina, mas ele fica confuso quando percebe que o estoque de comida da casa parece simplesmente sumir. Um dia, ele permanece em casa para espionar a esposa e fica horrorizado quando a vê ajoelhada no chão, com os cabelos jogando montões de arroz para dentro de uma segunda boca, uma goela animalesca. Em algumas histórias, ela surge para dar uma lição a esse homem avarento, em outras, a boca aparece sozinha, como uma manifestação decorrente da parcimônia e do senso de autoflagelação da mulher.

Outras narrativas dizem que as *futakuchi-onna* às vezes surgiam como punição. Uma mulher humana dá tudo do bom e do melhor para os filhos e nada para o enteado, que morre de inanição. Quarenta e nove dias depois (a duração tradicional do luto no Japão), o marido acerta um machado na parte de trás da cabeça dela por acidente. A ferida não quer sarar de nenhuma maneira, lábios se formam nas bordas, dentes começam a brotar e surge uma língua. Além de exigir que lhe deem comida, a boca fica xingando a mulher o tempo todo por causa de seu crime.

Os *yokai* servem de inspiração para a cultura pop há décadas, e as gráficas e dramáticas *futakuchi-onna* alimentam tramas irresistíveis de mangá, personagens de videogame e filmes de terror, e vilãs de TV. Não é de admirar que esse fenômeno, que foi precursor e lembra muito os pokémons, tenha inspirado uma das criaturas que você tem que pegar no jogo: Mawile, cujo nome também evoca uma abertura enorme (*maw* significa "goela" ou "bocarra" em inglês).

Os paralelos com vidas reais de mulheres são gritantes na lenda das *futakuchi-onna*. São uma representação quase cartunesca do espectro das desordens alimentares; uma mulher que se nega a comer durante o dia para parecer respeitável ou se adequar às expectativas da sociedade, e depois compensa exageradamente com comilanças na calada da noite. Sua segunda boca pode ser entendida como uma manifestação da supressão das necessidades naturais de nutrição a que a mulher é levada pela sociedade.

Os xingamentos e a retórica abusiva que emergem de seu segundo orifício oculto encarnam outra forma de supressão: o silenciamento. Historicamente, mulheres japonesas (e no mundo todo) eram avisadas de que dar a própria opinião não só não seria atraente para os homens, como também não era um direito delas. A boca extra das *futakuchi-onna*, segundo alguns dizem, não consegue mentir nem dar opiniões eufemísticas, enquanto inventar mentirinhas benignas acaba sendo parte da caixa de ferramentas emocionais que muitas mulheres se veem obrigadas a carregar. Os lábios funcionam como um id verbalizado, totalmente sem superego nem ego, dando voz a pensamentos, motivações e opiniões reais.

> "Se a mulher come, pode acabar com seu encanto e, se não come, ela acaba com nosso jantar."
> — BENJAMIN DISRAELI

Então, as *futakuchi-onna* servem tanto como uma história para impor respeito aos que tentam impedir que as mulheres tenham opiniões quanto como figuras inspiradoras para aquelas que desejam se expressar – ou comer de acordo com a necessidade, e não como dita a sociedade ou a família. Se o movimento antigordofobia é o *yang*, elas são o *yin*; a advertência direta que está disfarçada por trás da alegria da canção "All About That Bass", da compositora Meghan Trainor, que proclama que tem "tudo acumulado nos lugares certos". Na última década, mulheres do mundo inteiro começaram a reagir contra a hegemonia da magreza: Lena Dunham e Beth Ditto estampam capas de revistas, a marca de lingerie *plus size* de Rihanna estoura e Misty Copeland é uma bailarina que faz sucesso mesmo com o bumbum um pouco mais avantajado do que o padrão imposto pela dança clássica. E elas não ficam em silêncio. Estão marchando em combate contra a opressão fantasmagórica das *futakuchi-onna* e tudo o que elas representam. Quem sabe elas não conseguem até nos ajudar a chegar a um ponto em que não precisaremos mais dessas alegorias.

CAPÍTULO 4

ESPÍRITOS ELEMENTAIS

Lançadoras de raios, criadoras do planeta

TIAMAT

DEUSA BABILÔNICA

Também conhecida como
Thálatte
Tam-Tum

Apelidada de "monstra do caos", a deusa babilônica Tiamat traz o drama e a intensidade para a festa. Essa antiga divindade, que se manifesta como serpente do mar, era a mãe dos dragões, das tempestades e das bestas fantásticas – praticamente uma personagem de *Game of Thrones* – e, segundo a crença dos antigos babilônicos, também era a deusa cujo corpo esquartejado deu origem ao mundo.

De acordo com *Enuma Elish*, o mito de criação babilônico escrito entre 1900 e 1600 a.C., foi Tiamat que deu origem à Terra. Essa história é meio confusa, então se prepare. Os babilônicos acreditavam que, antes de o mundo existir, o Universo era feito de mares. Esses mares eram em parte entidade primordial senciente, em parte divindade: a água salgada era feminina e se chamava Tiamat e a água doce era masculina e se chamava Apsu. Quando suas águas se juntaram, o par começou a produzir deuses, que, por sua vez, tiveram mais filhos, resultando em quatro gerações. Os filhos de Tiamat eram fantásticos, entre eles, as serpentes Lahmu e Lahamu, que tiveram Anshar e Kishar, céu e terra. Anshar e Kishar tiveram Anu, o céu e deus supremo, Enki, o deus ardiloso da água, e Enlil, o deus elemental das tempestades, da terra e do vento. Os filhos mais novos eram custosos; brincavam e discutiam, atrapalhando o sono de Apsu. Então, Apsu busca uma solução com seu conselheiro, Mummu. Eles elaboram um plano drástico: matar as gerações mais jovens. Ao ouvir o plano de Apsu, Tiamat fica compreensivelmente furiosa e conta ao bisneto Enki sobre o grande perigo que ele corre. Enki captura Apsu, faz um encantamento para que ele durma um sono pesado e, arriscando tudo, o mata e rouba seu halo.

Embora Tiamat tenha ficado enfurecida por causa do plano original do consorte, Apsu, ela fica muito abalada com sua morte e declara guerra contra o bisneto Enki, assim como contra o resto da prole. Ela cria um exército sozinha, gerando quimeras, víboras gigantes, serpentes "com presas implacáveis", furacões, cachorros raivosos, homens-escorpião, leões descomunais, homens-sereia, homens-touro e tempestades. Ela se casa com uma dessas criaturas, Kingu, e o coloca como líder do batalhão.

No entanto, o filho de Enki, Marduk, a desafia. Ele se oferece para lutar contra a bisavó desde que uma condição seja cumprida: que, se ele vencer, os outros o coroem o rei dos deuses. Em preparação, convoca ventos descomunais e fortes como flechas para protegê-lo.

Marduk encontra sua antecessora no campo de batalha. A cena seguinte é puro drama. Os dois caminham pavorosamente um em direção ao outro, sabendo que essa luta terá consequências pesadíssimas não só para a família, mas para todo o Universo. Eles começam a lutar. Marduk abre sua rede, imobilizando a deusa-serpente no chão, enquanto ela se debate inutilmente. Os ventos que saem com toda a fúria das mãos de Marduk uivam e se enroscam a toda volta, arrochando nos decibéis. Quando sua bisavó abre a boca para dar um berro, Marduk lança seus furacões na direção de sua goela, uma alegoria não muito sutil de estupro. Em uma cena que ecoa de forma perversa suas gravidezes, a lufada preenche o ventre de Tiamat, distendendo-o.

Marduk pega uma lança e rasga a barriga de sua bisavó, lacerando-lhe as entranhas e os órgãos e perfurando-lhe o coração. Ele se ergue vitorioso sobre o cadáver, esmaga seu crânio e drena seu sangue. Então, ele parte o corpo de Tiamat em duas metades e, com elas, cria o mundo, as estrelas e a Lua. A narrativa se desenrola bem no estilo *body horror*, de David Cronenberg; as costelas de Tiamat se tornam a abóbada do céu e a Terra, seus olhos lacrimejantes formam os enormes rios Tigre e Eufrates, e sua cauda, se arrastando, transforma-se na Via Láctea.

TODO MUNDO TEM UMA FAMÍLIA COMPLICADA

A relação complexa de Tiamat com a prole é algo fascinante. Ela é forçada a escolher um lado nessa briga de família, primeiro, confrontando a postura do marido em relação às crianças bagunceiras e, depois, vingando a morte dele, mesmo que, para isso, tenha de declarar guerra contra os mais

> "Dentro de cada mulher habita uma força poderosa, um turbilhão de bons instintos, de criatividade, de paixão e conhecimentos atemporais."
> — CLARISSA PINKOLA ESTÉS, *MULHERES QUE CORREM COM OS LOBOS*

jovens da família. Ela não é nem monstra absoluta nem uma mãe natureza da abundância, mas fica no meio-termo. Presa em um nó górdio moral, ela é forçada a escolher entre mostrar respeito pelo marido ou proteger os filhos. E essa é uma escolha que resulta em sua morte macabra pelas mãos de um familiar. No entanto, mesmo abatida, ela está na gênese da existência humana, ainda que de maneira nada parecida com sua procriação inicial. Ela cria o Universo por meio do nascimento, da positividade e do amor sagrado, mas o reino humano é feito a partir de sua morte caótica e odiosa – um estupro – e das partes de seu corpo e de suas entranhas. É quase o inverso do parto: o invólucro da mãe, virado do avesso, se tornando abrigo, céu, terra.

A história de Tiamat fascinou historiadores: o autor Robert Graves acreditava que o mito (assim como muitas narrativas semelhantes de deuses masculinos aniquilando deusas) representa a transição de uma sociedade matriarcal à patriarcal. Para ele, Tiamat simbolizava uma esquecida religião centrada no feminino, e sua derrota e "monstrificação" eram representações da aniquilação dessa sociedade orientada pelo feminino criadas por sucessores masculinos, parte da determinação que tinham de demonizar suas líderes. No entanto, historiadores mais recentes, como Lotte Motz, em *Faces of the Goddess* (Faces da deusa, 1997), e Cynthia Eller, em *The Myth of Matriarchal Prehistory* (O mito da pré-história matriarcal, 2000), rejeitam a ideia de um matriarcado pré-histórico e afirmam que isso não passa de uma "mentira enobrecedora".

Sendo ou não signo de uma história mais complexa, Tiamat ainda é uma representação poderosa e real do feminino. Ela é uma deusa que comanda monstros, inventa a água e coloca estrelas e luas nos lugares certos. No entanto, tem preocupações bastante mortais: seus filhos são barulhentos, o marido reclama e enche o saco, os filhos chegam a uma fase de questionar a autoridade do pai. Ela, como muitas mulheres, faz concessões para tentar fazer "a coisa certa". No fim das contas, abre mão de suas posses mais preciosas – o relacionamento com os filhos e a própria vida – e, por meio desses sacrifícios, cria a Terra. Talvez, afinal, a "monstra do caos" seja justamente aquela que toma a atitude mais altruísta possível.

MAMI WATA

**DEUSA DA ÁFRICA
E DAS AMÉRICAS**

Também conhecida como
Mammy Water
Mamy-Wata
Mawu-Lisu
Iemanjá
Mamadilo
Maame Water
Watramama
La Sirène
Maman de L'Eau
e muitos outros nomes

A rainha suprema das *selfies*, ela poderia estar sentada em uma rocha naquela praia mais instagramável, penteando-se e se olhando no espelho, fingindo que não está vendo os pretendentes, até atacar de repente. Ela tem plena consciência do quanto é atraente e costuma ser descrita em termos de excesso, como possuidora de uma beleza inumana e cabelos mais longos do que o normal. Ela ama coisas materiais, engenhocas e a cultura de consumo. É uma deusa feita sob medida para o universo do *lifestyle* e das *selfies* nas redes sociais.

Na realidade, Mami Wata não era originalmente uma deusa única. Era parte de um panteão de deusas aquáticas que surgiu na África ocidental, central e no sul do continente, e também na diáspora das Américas e do Caribe. As *mami wata* eram em sua maioria fêmeas, geralmente representadas como criaturas metade gente metade peixe e com cabelos abundantes. Uma mistura complexa de mitos vindos de todo o continente, alguns acreditam que sua origem tenha sido o Egito Antigo ou

> "Dizem que o dinheiro não é a chave para a felicidade, mas eu sempre pensei que, se você tem dinheiro, você pode mandar fazer a chave."
> — JOAN RIVERS

a Etiópia; no Egito, *ma* ou *mama* significa "verdade e sabedoria", e *wata* vem de *uati*, que significa "água do mar". Alguns dizem que o culto original a Ísis usava esse nome. Outros afirmam que é uma corruptela da expressão em inglês *mother water*. Em comum com muitos outros mitos de sereia, a Mami pode ter surgido de descrições feitas por marinheiros de criaturas incríveis, neste caso, suas histórias sobre os enormes peixes-boi.

SÓ O OURO

A partir do século XV, a influência de comerciantes europeus recaiu sobre a lenda, estabelecendo a aparência da Mami e construindo sua reputação. Os mercadores carregavam ouro em navios com carrancas que lembravam sereias e contavam histórias de pessoas com rabo de peixe, alterando sutilmente a narrativa sobre Mami Wata. E, depois, levavam essas histórias em suas viagens à volta do continente, espalhando-as pelos cantos da África. Talvez por causa da ligação entre mercadores e dinheiro, Mami Wata passou a ser associada com riqueza.

São inúmeras as histórias sobre seus feitos em busca de riqueza. Ela pega banhistas distraídos e os arrasta para o seu reino subaquático, e eles voltam mais atraentes e com mais dinheiro. Outras vezes, a surpreendem às margens de um rio penteando o cabelo, e ela sai correndo, deixando cair o espelho ou o pente. Se um homem pega um desses itens, Mami Wata assombra seus sonhos com adulações e o manipula até que ele devolva suas posses. Se ele jura que será um amante fiel, ela o recompensa com bens materiais, se não, ela o amaldiçoa.

Em outras histórias, ela perambula pelos mercados disfarçada como uma bela mulher cheia de joias. A influência dos mercadores ajudou a consolidar Mami Wata como divindade distinta. Surgiram práticas devocionais particulares a ela; seus devotos criaram altares cheios de bens europeus e a festejavam com danças que levavam a um estado de transe. Na Nigéria, seus seguidores usavam vermelho, simbolizando a morte, a masculinidade e o poder, e branco, representando a riqueza, a beleza e a feminilidade. Esses mesmos mercadores começaram a subjugar humanos como mercadoria. Quando milhares de africanos escravizados, arrancados de diferentes regiões e tribos, foram colocados nos mesmos espaços, trabalhando nos engenhos e nas plantações do outro lado do Atlântico, suas crenças se misturaram com o cristianismo e entre si, e seus deuses e deusas tradicionais começaram a absorver elementos de outras divindades. Submetidas ao trabalho não remunerado, em condições brutais, as pessoas entravam nesse transe provocado pela dança associada à deusa para conseguir aguentar a provação descomunal que era sua vida, e também como ritual de cura. Chegando no século XVII, acredita-se que Mami Wata tenha se transformado na Watra Mama encontrada na religião Winti do Suriname, na La Sirène do vodu haitiano, e na Iemanjá brasileira. Ela também é associada com Yemoja, outro espírito da água venerado pelo povo iorubá da África Ocidental.

No continente africano, o culto a Mami Wata continuou a crescer e assumir várias formas. Nos anos 1880, milhares de cópias de um cartaz anunciando um *freak show* europeu foram impressas e coladas em muros e paredes pela África Ocidental. Eles traziam a imagem de uma encantadora de cobras que, se acredita, fosse Nala Damajanti, que ganhou fama viajando com o circo de P. T. Barnum. O cartaz ganhou a imaginação da população: imediatamente, a imagem foi absorvida pela consciência coletiva e se misturou à história de Mami Wata. Sua aparência agora havia ficado gravada na pedra. Dali para frente, Mami Wata passou a ser retratada como a imagem de Nala.

Mami Wata continuou sendo um ícone popular e comercialmente rentável, ela foi "crioulizada", isto é, misturou-se à cultura moderna. A justaposição intrigante dessa deusa antiga, que reverbera cultural e politicamente, com seus altares cheios de objetos mais associados com a sociedade capitalista ocidental – óculos de sol de marca, latas de Coca-Cola, bolsas e maquiagens caras – forma um imaginário forte, que foi apropriado por *designers*, estrelas *pop* e artistas. Cantoras negras se inspiraram em sua aparência voluptuosa e aquática: a deusa do *space disco*, Patti LaBelle, cantou "Lady Marmalade" coberta de penas que lembram ondas, Beyoncé fez alusão a ela em seu vídeo *Lemonade*, e Azealia Banks, obcecada por sereias, vestiu uma tanga de conchas, com cabelos caindo como cascata pelas costas, e postou no Instagram usando #mamiwata como *hashtag*. A deusa também foi o foco de exposições americanas de arte de grande porte, tanto tradicionais quanto experimentais.

No entanto, a popularidade de Mami Wata tem seu preço: cristãos evangélicos africanos e fundamentalistas muçulmanos a veem como símbolo de tudo o que há de errado com a vida moderna. Eles acreditam que ela usa sua beleza de forma cínica, manipula os vulneráveis a se desviar do caminho correto e é muito materialista. Além disso, alguns a veem como a deusa pós-capitalista por definição: tão obcecada por dinheiro e pela própria imagem quanto o artista *hip-hop* mais esbanjador. No entanto, sua autoconfiança e bondade, além de sua conexão com a mãe África, lhe dão dimensões mais profundas entre os fãs atuais. Resumindo, ela representa tudo o que as gerações antigas detestam nos jovens, mas, francamente, eles não estão nem aí.

PELE

DEUSA HAVAIANA

Até hoje, muitos havaianos acreditam que Pele, a temida e reverenciada divindade da lava e dos vulcões, vive na cratera Halema'uma'u do pico Kilauea na Ilha Grande. Cada erupção na ilha sinaliza que Pele está chorando por seu verdadeiro amor. Essa deusa forte, porém vulnerável emocionalmente, reserva sua raiva principalmente para os que tiram pedaços de lava solidificada de seus vulcões preciosos, condenando os larápios a ter azar. Pele deseja preservar seu país acima de tudo.

Os havaianos nativos acreditam em milhares de espíritos, desde deuses que representam a fertilidade, a criação e a guerra, até divindades menores que representam marés, flores e ainda profissões: acredita-se que essas crenças sejam milenares, apesar de terem sido consolidadas e codificadas quando houve uma onda de imigração no arquipélago da sociedade polinésia entre os anos 1000 e 1300. A poderosa Pele era a deusa do fogo, dos relâmpagos, da violência e dos vulcões; uma entre seis filhas e sete filhos de Haumea (a deusa da fertilidade e do parto) e de Kane Milohai (o criador do céu e do paraíso).

> "Pele lançou seu relâmpago,
> cusparada de chama,
> Transbordante lava era
> o adeus da mulher."
> — "A CHEGADA DE PELE",
> CANTO TRADICIONAL

A família vivia em Kuaihelani, uma ilha mística flutuante, que se dizia ficar na área onde hoje é o Taiti. Quando criança, as emoções de Pele sempre afloravam; ela era passional, ciumenta e caprichosa. Uma das histórias sobre a chegada de Pele no Havaí conta que ela discutia com a irmã mais velha, a deusa marinha Na-maka-o-Kaha'i; eram como lava e água, quente e frio, vapor espirrando das rochas quentes. A gota d'água foi quando Pele seduziu o marido da irmã aquática. Furioso, Kane Milohai expulsa a filha inflamada da ilha.

Por sorte, Kamohoali'i, o deus tubarão, irmão de Pele, estava por perto para lhe dar uma carona de canoa. Eles levam alguns dos irmãos, incluindo um ovo em que se formava a irmãzinha de Pele, Hi'iaka, e que ela guarda com cuidado debaixo do braço. A família segue rumo ao sul, mas a jornada é árdua, pois enfrentam a cólera de Na-maka-o-Kaha'i. A viagem se torna, portanto, uma batalha contra a irmã de Pele, que controlava o oceano. Toda vez que eles tentam aportar e cavar um buraco para construir seu lar, Na-maka-o-Kaha'i joga suas águas e o alaga, furiosa.

Finalmente, o grupo chega ao Havaí, onde Pele usa seu bastão divinatório para achar um bom lugar para morar: primeiro, ela tenta Kauai, mas é atacada pela irmã oceânica. Pele se recupera e vai mancando até Oahu, onde cava crateras em Honolulu, depois Molokai e Maui, onde ergue o vulcão Haleakala. Pele era muito trabalhadora, capaz de esculpir acidentes geográficos na paisagem natural. É em Maui que as irmãs se encontram de novo e lutam pela última vez. Na-maka-o-Kaha'i esquarteja a irmã, membro por membro, e seus ossos formam a colina Ka-iwi-o-Pele. Seu espírito escapa voando, no entanto, e se estabelece na cratera Halema'uma'u, no topo do vulcão Kilauea, onde permanece até hoje.

Outras histórias contam que ela teve um relacionamento curto e tempestuoso com Kamapua'a, o deus porco da água. Suas lutas violentas simbolizam as capacidades destrutivas de uma erupção hidrovulcânica. Pele fica de coração partido quando ele salta no oceano e a abandona, acreditando que ela estava morta. Em outras histórias, a deusa cabeça quente joga lava líquida em rivais e amantes, transformando-os em pilares rochosos. Essas narrativas foram documentadas por escrito, principalmente no século XIX, mas quase se perderam quando os Estados Unidos proibiram o ensino da língua havaiana em 1896.

A INFLUÊNCIA DE PELE HOJE EM DIA

Pele ainda está presente em todos os cantos do Havaí: pinturas que a retratam com suas típicas roupas vermelhas decoram as paredes dos comércios, e lojas turísticas vendem globos com cenas da deusa vulcânica. Quando a montanha começa a roncar – é uma das mais ativas do mundo –, surgem várias oferendas para a deusa, flores, dinheiro, incenso ou folhas de lírio de palma, depositadas nas rachaduras perto do topo do vulcão. Quando ele entra em erupção, as oferendas deixadas para acalmar a deusa vão parar, desoladamente, na frente das casas abandonadas no caminho da lava. Os fios de vidro vulcânico que saem das fissuras são chamados de "cabelos de Pele". Toda erupção também dá origem a novos vídeos no YouTube feitos por pessoas que alegam ter visto o rosto da deusa no fluxo de lava. Diz-se que Pele muda de aparência, que pode surgir como uma bela moça ou como uma velha para recompensar os que são generosos e punir os que são gananciosos.

Suas chamas alcançam ainda mais longe; o álbum de 1996 de Tori Amos, *Boys for Pele*, usa seu nome e tem várias referências à origem patriarcal da religião e ao calor do poder feminino. Além disso, diversas personagens baseadas em Pele aparecem em programas variados, como *Sabrina, aprendiz de feiticeira* e, inevitavelmente, *Havaí 5-0*.

Pele é uma figura inspiradora: passional, de uma força incrível, uma deusa que formou seu próprio país; os acontecimentos de sua vida esculpiram e criaram as ilhas. Ela tem seu lado humano: questões paternas sérias, um temperamento ferino, uma vida amorosa complicada. É possível imaginá-la hoje em dia estampada nas manchetes, com relacionamentos cheios de reviravoltas e como alvo de fofocas, além dos *posts* confessionais, ilustrados por fotos de viagens incríveis, nas redes sociais. Talvez seja justamente por causa dessas emoções à flor da pele que essa deusa ainda é venerada e, assim como foi há milhares de anos: tal qual um vulcão, ela é indomável.

SELKIES

CRIATURAS ESCOCESAS

Também conhecidas como
Silkies
Sylkies
Selchies
Selkie folk
Maighdeann-mhara
Marmennlar
Finns

Arrancadas de suas vidas subaquáticas, essas criaturas ligadas ao norte da Escócia, que são meio gente meio foca, têm responsabilidades e famílias no mundo terrestre, mas continuam ligadas ao mar. No fim das contas, humano nenhum é capaz de domar as *selkies*, então o retorno delas às profundezas é inevitável; elas almejam uma vida elemental em meio à natureza.

Embora haja *selkies* machos, as fêmeas é que estão no centro das narrativas mais envolventes sobre as ilhas Shetland e Orkney. Acreditava-se que as focas lânguidas encontradas nos rochedos curtindo uma preguiça e boiando para lá e para cá nas ondas cinzentas, como bolinhas de sagu, retiravam suas peles toda véspera de solstício de verão para dançar livremente pela praia. Os olhos expressivos e melancólicos das focas, assim como suas vocalizações, que lembram bebês, certamente teriam instigado a ideia de que elas eram quase humanas.

Segundo as histórias contadas em volta do fogo no inverno, se um homem rouba a pele de uma *selkie*, ela é obrigada a se tornar sua esposa e, enquanto a pele continuar escondida, ela ficará presa ao marido. Existem milhares de histórias de mulheres *selkie* que têm toda uma vida na terra, são casadas e com filhos, mas seguem ouvindo o chamado do mar, passando horas, até dias, nos penhascos ventosos, contemplando as ondas com desejo. Não importa o quão forte seja seu laço com a nova família, o anseio de voltar às profundezas é mais poderoso: diz-se que elas sobrevivem uma média de sete anos em terra firme, mas acabam ficando muito magras e fracas, até secarem. Se a mulher *selkie* encontra sua pele de foca, é permitido que ela volte ao seu lar aquático e abandone a vida em terra. Muitas vezes, os filhos, em sua inocência, acabam levando-a de volta à pelagem, já esgarçada, escondida entre o telhado e o forro ou trancada em um baú. Ou as irmãs aquáticas das mulheres-foca emergem das ondas, trazendo uma nova pele. Diz-se que algumas *selkies* voltam a visitar sua família terrestre, e outras aparecem para os filhos como focas tristonhas, mas a maioria simplesmente desaparece, de volta às ondas do mar, e seu destino é uma incógnita.

UM EXEMPLO DO QUE NÃO FAZER

A natureza trágico-romântica da lenda da *selkie* a torna uma inspiração para outras histórias, canções e filmes, e foi adaptada na cultura popular, por exemplo, na memorável versão de Joan Baez da canção tradicional "Silkie", na animação irlandesa *A canção do oceano* (2014) e na composição de Joanna Newsom, "Colleen", que conta a história de uma ex-*selkie* que não consegue se lembrar de sua vida antes de chegar à ilha, assume ter sido uma criminosa, mas se lembra da vida antiga com a ajuda de um marinheiro e mergulha de volta às profundezas do mar.

As mulheres são provavelmente as que mais se identificam com os temas dessas histórias. O mito da captura das mulheres-foca para se tornarem esposas surgiu em uma área pouco populosa e numa época de estruturas patriarcais claras, o que significava que era mais raro as mulheres poderem escolher com quem se casariam. A história das *selkies* serve de exemplo do que não fazer tanto para homens quanto para mulheres: você pode até impor uma família, uma certa domesticidade e outras responsabilidades a uma mulher que deseja uma vida mais livre ou foi arrancada de seu lar original, mas cuidado: ela pode ficar inquieta, desejando sua vida antiga, e acabar fugindo.

O simbolismo do mar é importante. Águas temperamentais podem passar da placidez à fúria em questão de minutos. Comparado à solidez da costa, o oceano é um lugar onde se pode ser totalmente livre, boiar, se perder, encontrar a própria essência, a própria alma. Não é de admirar que essas mulheres, com suas responsabilidades domésticas e emocionais, tenham passado a desejar as ondas, a ouvir esse chamado em seu âmago. Todo mundo precisa de tempo para recarregar as forças, mas quando se nega isso a uma mulher (ou ela mesma se reprime) chegará uma hora em que algo dará errado. Talvez as *selkies* tenham sido, em outras épocas, precursoras das virtudes do autocuidado e da consciência presente (*mindfulness*), e um alerta aos maridos para que "deixem" suas esposas aproveitarem seu tempo com um pouco mais de liberdade.

As histórias também representam um anseio mais profundo. O furto da pelagem pode representar a perda de uma parte vital de si que as mulheres vivenciam quando se casam e criam uma família. Pode ser um alerta de que assumir as responsabilidades da manutenção de uma casa ou ter um marido pode significar ter de abrir mão de sair, dos amigos antigos e dos próprios interesses. Mas, dobradinha e guardada no sótão, a pele aguarda, cheia de potencial, como símbolo de sua vida antiga.

À medida que a mulher vai ficando mais velha, o apelo jovial daquela pelagem e de suas possibilidades começa a exercer uma atração poderosa. A mulher, com a maturidade, se torna mais autoconfiante, e seus filhos dependem cada vez menos dela. Será que ela deveria vestir de novo essa pele e desaparecer em meio à liberdade das ondas, a liberdade de sua vida anterior? Será que algum marido de fato consegue "domar" uma mulher esfuziante, elemental? Ou será que ela sempre vai encontrar sua antiga pelagem, se despir de suas responsabilidades e mergulhar de volta na gloriosa natureza selvagem?

> "E logo dava para ver que ela queria ficar com o filho, queria mesmo, mas alguma coisa a chamava, algo que era mais velho do que ele, mais velho do que ela, mais antigo que o próprio tempo."
> — CLARISSA PINKOLA ESTÉS, *MULHERES QUE CORREM COM OS LOBOS*

MARI

DEUSA BASCA

Também conhecida como
Mari Urraca
Anbotoko Mari
   (senhora de Anboto)
Murumendiko Dama
   (senhora de Murumendi)

Elemental, fértil e encorajadora, Mari é a deusa mãe da região basca, que cobre algumas áreas do sudeste da França e do centro-norte da Espanha. Mas será que ela também é o último e fraco sopro de uma longínqua religião pan-europeia?

Venerada em épocas pré-cristãs, mas ainda reconhecida hoje em dia, Mari é a deusa dos fenômenos climáticos: granizo, chuva, tempestades e secas. Ela também personificava a terra, fazendo sua morada na rede de cavernas que formava uma colmeia por baixo dos territórios e montanhas do País Basco, muitas delas com uma opulenta decoração em ouro. Ela era casada com Sugaar, o deus-serpente, que também vivia debaixo da terra. Os dois se encontravam todas as sextas-feiras à tarde e Sugaar penteava os cabelos de Mari em meio às tempestades de chuva e granizo.

    Até hoje, as atividades de Mari correspondem a fenômenos climáticos. A Mari de cada cidade tem características próprias. Por exemplo, em Oñati e Aretxabaleta, na região basca do norte da Espanha, se diz que chove quando Mari está próxima ao monte Anboto, e que o tempo fica seco quando ela está na formação de pedra calcária chamada Aloña, ali perto. Mari é descrita de formas diferentes em cada cidade da região. Ela é conhecida por tirar nuvens de uma caverna e criar tempestades, e por sugar os ventos que ficam guardados em poços, lançando-as por vales afora. Se ela faz pão ou lava roupas, uma nuvem de fumaça pode emergir de sua caverna. Algo que ela tem em comum com muitas outras deusas europeias é que também está associada com a fiação, usando linha de ouro e enrolando-a nos chifres de um carneiro.

Os servos de Mari são os chamados *laminak* – criaturas humanoides com pés de pato – e *sorginas* – bruxas noturnas que cobram dízimo em nome da patroa. Quem a visita é proibido de se sentar, deve chamá-la usando o pronome familiar *tu* e não pode de forma nenhuma virar as costas para ela. Mari é uma deusa rígida, que condena as mentiras, a ganância, a falta de respeito e o roubo, transgressões que ela pune lançando tempestades de granizo, roubando coisas como compensação ou simplesmente infligindo um sentimento de culpa na pessoa. No entanto, Mari também cuida, também zela. Os bascos que se perdem na natureza até hoje sabem que podem chamar seu nome três vezes. No terceiro chamado, a deusa pousará na cabeça da pessoa e lhe mostrará o caminho de volta para a civilização.

A CINDY SHERMAN DAS DEUSAS

Mais comumente retratada usando um vestido vermelho, com um halo de estrelas ou lua, Mari é capaz de tomar várias formas: ela é a Cindy Sherman das deusas, famosa por sua maquiagem, seus adereços e objetos cênicos, incluindo próteses, que ela usa para criar uma variedade de personagens imaginárias. Mari aparece muitas vezes com cascos no lugar de pés. Às vezes, ela conduz uma carruagem guiada por cavalos pelos ares, ou cavalga um carneiro, ou lança fogo com as mãos. Em outras regiões, ela se manifesta como animais: um abutre, um corvo, um cavalo ou um bode. Ela também usa aparências mais abstratas, como uma lufada de vento, uma nuvem branca ou um arco-íris.

Seja qual for sua aparência, Mari não é tímida; existem milhares de histórias sobre suas aparições. Um conto conhecido é o da jovem pastorinha órfã que perde um de seus carneiros. Em pânico, ela o procura por toda parte. Apesar de saber o quanto é perigoso chegar perto da caverna de Mari, a menina acaba se aproximando, na busca pelo carneiro perdido. Na entrada da caverna, ela vê uma mulher linda e percebe na mesma hora que é Mari. A deusa convida a órfã a entrar e morar com ela, e promete que a tornará rica. Depois de sete anos de vida junto à deusa, aprendendo a fiar, fazer pão, trabalhar com ervas e se comunicar com os animais, a menina é liberada, e Mari lhe dá um enorme pedaço de carvão. Sua protegida fica um pouco decepcionada, mas esconde bem o mau humor. Assim que ela sai da caverna, no entanto, o carvão se transforma em uma brilhante pepita de ouro, tão grande que a menina consegue pagar por uma casa e um rebanho de

> "No mundo subterrâneo, Mari geralmente assume figuras zoomórficas; na superfície da terra, a forma de uma mulher e, quando cruza o ar, a de uma mulher ou a de uma foice de fogo."
> — JOSÉ MIGUEL BARANDIARAN

carneiros, o que lhe permite viver feliz e ser independente. Essa história reconfortante retrata Mari como uma deusa que não só oferece ajuda imediata, mas também examina os próprios privilégios e ajuda mulheres que não ocupam um lugar de poder e não têm a mesma oportunidade de quebrar o chamado "teto de vidro". Ela educa a menina e ainda lhe dá as condições materiais de viver de forma independente dos homens: a órfã passa a ter não só uma nova vida, mas também novos interesses e habilidades, para além das tarefas domésticas.

Quando conversões em massa ao cristianismo foram impostas à população na região basca, nos séculos X e XI da Era Cristã, o *status* de Mari foi demovido, e ela se misturou à nova religião. Alguns dizem que elementos de Mari foram absorvidos pela mãe de Jesus, Maria, para suavizar a transição para a religião cristã. No entanto, mesmo depois que a área já havia sido totalmente convertida, os padres rezavam missa em frente à caverna de Mari e oferendas eram deixadas ali para garantir uma colheita abundante; até hoje, muitas pessoas acreditam em seus poderes em paralelo à devoção cristã. Alguns historiadores afirmam que, embora o cristianismo tenha se tornado a religião dominante, o isolamento social e geográfico da região basca servia como uma espécie de redoma para Mari, deusa que representa os últimos vestígios de um culto neolítico e pan-europeu: uma religião baseada em estruturas megalíticas, na fiação do destino e nos ciclos de nascimento-vida-morte, donzela-mãe-anciã, primavera-colheita-inverno. A imagem de uma deusa Mari, sentada ali, com os olhos cansados olhando para fora de sua caverna, uma figura que atravessa os milênios, em seu ocaso, fiando os destinos de seu povo com dedos enrugados, mas mantida viva pela devoção e pelos parcos sacrifícios feitos em seu nome, é um pouco trágica, mas profundamente romântica.

A SENHORA DE LLYN Y FAN FACH

FADA GALESA

Também conhecida como
Dama do Lago
A Senhora do Lago do
   Pequeno Pico
Nelferch

Ela não poderia ser mais diferente de uma fadinha da Disney. Nelferch, mais conhecida como Senhora de Llyn y Fan Fach, é papo reto: ela é mestra em dar ultimatos, estabelecer limites e lidar com consequências.

A denominação que se dá a essa senhora celta vem de um lugar real, Llyn y Fan Fach, um lago de cerca de 100 mil m² nos arredores das Montanhas Negras, no Parque Nacional de Brecon Beacons do País de Gales. Existe um número incontável de histórias relacionadas a fadas e à água na cultura celta: a tradição diz que os limites entre o mundo das fadas e o nosso mundo são mais tênues perto da água. A devoção à água fazia parte do druidismo também: fontes, olhos d'água e ribeiros costumavam ser sagrados, locais de cura. Mesmo os reis geralmente faziam seu juramento de posse perto de algum corpo d'água. Nelferch fazia parte das *gwragedd annwn*, fadas da água que viviam em palácios submersos. E há ecos da lenda de Nelferch na história arturiana da Senhora do Lago.

As fadas dos tempos antigos não tinham nada a ver com as figuras que lembram bonecas de plástico de hoje em dia. Eram criaturas de outro mundo, com certeza, mas pertenciam a uma sociedade rica e intricada. O termo "fada" (*fairy*) foi muitas vezes usado no lugar de "deus" ou "deusa" por escritores religiosos que organizavam e consolidavam textos antigos em antologias de contos politeístas da cultura celta e de outras culturas para eufemizar o caráter divino dessas entidades. Na tradição celta, os humanos podiam adentrar livremente o mundo das fadas, mas quase sempre se enrolavam com as regras confusas de lá. Muitas famílias terrenas alegavam ser descendentes de fadas, uma manobra que servia para dar legitimidade e poder aos clãs que a emplacavam. Ancestralidade sobrenatural é algo que também faz parte de muitas outras culturas: os faraós do Egito Antigo, assim como os reis nórdicos e irlandeses, se diziam parte de linhagens divinas.

O JOVEM DE MYDDFAI

A história de Nelferch, contada com muitas variações do século X ao século XXI, começa com Gwyn, um jovem camponês que vivia com a mãe em Myddfai e gostava de levar seu rebanho para pastar perto do lago, a cerca de duas horas de distância caminhando de sua casa. Certa manhã, ele avista uma mulher muito bela, sentada em um rochedo, penteando os cabelos com um pente dourado. Ele lhe oferece um pouco de pão caseiro – um pouco duro, é verdade –, mas ela dá uma risada e pula na água, desaparecendo nas profundezas. No dia seguinte, ele leva um pão mais macio. Mais uma vez, a moça de beleza etérea estava às margens do lago e, embora dê um sorriso mais encorajador, mergulha de novo e desaparece.

"[...] mulheres selvagens não devem ser domadas, que seus limites em um relacionamento devem ser respeitados, senão elas simplesmente voltam para a água."

O pão que Gwyn assa naquela noite fica perfeito. Desta vez, Nelferch aceita, sorrindo, e desce da rocha. "Me casarei contigo", ela disse, "e viveremos juntos até que eu receba de você *tri ergyd diachos* (três golpes sem causa)." Ela diz que, quando ele desse o terceiro golpe, ela o abandonaria para sempre. Gwyn concorda com esses termos e a moça mergulha no lago pela última vez. Bastante desanimado, Gwyn fica chocado quando vira as costas para o lago e se depara com três figuras de pé à sua frente: um homem com ares de realeza e duas mulheres idênticas, uma delas, a moça por quem ele havia se apaixonado. O homem pede a Gwyn que aponte qual delas é Nelferch. Ele sente seu coração acelerado quando consegue reconhecer um defeito na sandália dela, e acerta. O homem promete dar ao casal quantos animais sua filha conseguir pedir sem parar para tomar ar. As horas que Nelferch passara mergulhando deram frutos: ela enumerou uma lista de animais que daria para encher uma fazenda. Um dia, o casal estava indo a pé para um casamento na igreja de Myddfai. Nelferch estava andando muito devagar, e Gwyn, de brincadeira, deu uma palmadinha nela com as luvas. Nelferch imediatamente lhe disse, sem inflexão na voz, que aquele tinha sido seu primeiro golpe. Abalado, Gwyn jurou nunca mais tocar em sua esposa de surpresa.

Anos depois, em um batizado, Nelferch danou a chorar incontrolavelmente e Gwyn colocou a mão em seu ombro para consolá-la. Ela sussurrou: "Estava chorando porque vi o futuro dessa criança: ela não tem muito tempo de vida e a pouca vida que tem será dolorosa. Ah, e outra coisa, esse foi seu segundo golpe." A criança morreu logo depois e Nelferch e Gwyn foram a seu funeral. Lá pelo meio da cerimônia, Nelferch soltou uma gargalhada contente. Gwyn ficou horrorizado e tocou em suas costas. "Estava rindo porque vi a criança, com a saúde renovada, vivendo em um lugar melhor", explica Nelferch, "e esse, marido, foi seu terceiro golpe." Então, ela se levanta abruptamente e sai da igreja. Gwyn vai atrás, observando-a sem poder fazer nada enquanto ela sai pela fazenda chamando seus animais, que a seguem até o lago. Lá, ela e o gado entram na água e desaparecem nas profundezas sem dar sequer uma olhadela para trás.

Gwyn e os filhos ficam abalados; os meninos vão ao lago todos os dias para chorar por sua mãe perdida, até que, certa manhã, como um milagre, ela sai caminhando de dentro da água. Nelferch tinha um objetivo: o de ensinar aos filhos as complexidades dos ofícios de ervanário e curandeiro. Graças a seus conhecimentos mágicos, os meninos ficam famosos: são os médicos de Myddfai, que curam nobres e se tornam eles próprios ricos donos de terras. Seus remédios estão incluídos na coleção de contos galeses do século XIV chamada *Livro vermelho de Hergest*, que também é a fonte do ciclo de histórias *Mabinogi* (ver Rhiannon, página 42), e hoje está no Jesus College, em Oxford.

Nelferch tem autonomia e escolhe quando concordará em se casar e quais são os termos e condições desse acordo. Ela não deixa passar abuso de nenhum tipo, seja intencional ou não, e não renuncia aos seus termos. Ela ganha seu próprio dote e considera os animais sua propriedade, tanto que ela os leva consigo quando volta para o lago. Ela escolhe quando retornar à terra firme e se concentra em passar conhecimento aos filhos, ensinando-lhes habilidades que ajudam a sociedade e são uma capacitação profissional. Sua história lembra a lição que as *selkies* (página 148) passavam: que mulheres selvagens não devem ser domadas, que seus limites em um relacionamento devem ser respeitados, senão elas simplesmente voltam para a água. Além disso, a abordagem implacável de Nelferch é uma lição de comunicação, sobre expressar claramente as próprias necessidades.

SERPENTE ARCO-ÍRIS

DIVINDADE DE GÊNERO FLUIDO ABORÍGENE E NATIVA DO ESTREITO DE TORRES, AUSTRÁLIA

Também conhecida como
Ungud
Wagyl
Wonambi
Yulungaal

Figura de gênero fluido, as ações de Serpente Arco-Íris são de uma escala descomunal. Segundo uma das mais antigas civilizações ainda existentes na Terra, criou a face do planeta, mas também representa algo mais humano, a difícil transição da infância à vida adulta.

Em um país seco como a Austrália, o arco-íris, que significa chuva, é uma imagem das mais gratificantes que se podem ver. Muitas tribos acreditam que o arco colorido seja uma representação de divindade serpenteando pelo céu de um poço d'água a outro. Essa figura divina representa tanto a vida quanto a morte, pois traz fertilidade, boas colheitas e bom sustento, mas, quando está zangada e provoca a diminuição das safras, a fome e a destruição acometem a terra vermelha.

Acredita-se que haja muitas serpentes arco-íris diferentes nas histórias dos aborígenes e dos nativos do estreito de Torres, na Austrália. Às vezes fêmea, às vezes macho, não raro de gênero ambivalente (um homem com seios), a serpente arco-íris é conhecida por muitos nomes: Ungud, Wagyl, Wonambi, Yulunggal. E, no entanto, essas figuras compartilham características parecidas

em muitas das narrativas. Essas histórias têm sido contadas por pelo menos 6 mil anos e se passam no "todoquando", um conceito que reúne passado, presente e futuro e é difícil traduzir para línguas ocidentais.

A Serpente Arco-íris é parte vital do mito de criação aborígene, o "tempo dos sonhos". Elu criou a paisagem do país. Diz-se que ela atravessa todo o planeta viajando entre fontes de água, vomitando montanhas e despenhadeiros enquanto passa. Seu movimento serpenteante cria vales e picos, lagos e baías, que são formados onde ela descansa; cria os recursos hídricos, que são os acidentes geográficos que guardam o recurso mais vital de todos; sem a Serpente, só haveria o deserto plano. Os aborígenes e os nativos do estreito de Torres acreditam que a divindade ainda vive na água: oceanos, cachoeiras, água salgada e doce.

ONDULANDO E ENGOLINDO

A Serpente Arco-íris tem um papel importante no mito aborígene das irmãs Wawalag, Waimariwi e Boaliri, descendentes dos Djanggawul, um trio de divindades de criação. Existem muitas variações da história, mas elas têm alguns pontos cruciais em comum. As duas irmãs saem de seu lar perto do rio Roper viajando rumo à costa norte. A irmã mais velha – Waimariwi – está em fase avançada de gravidez, então elas vão devagar. Uma noite, as duas param para descansar e a bolsa da mais velha se rompe: o parto havia começado. Calmamente, Boaliri constrói uma cabana para que a irmã possa ter o bebê e elas começam o ritual de parto, cantando e dançando. Um pouco do sangue de Waimariwi escorre para fora da cabana e vai parar em um pocinho de água ali perto, onde, sem que as irmãs saibam, Serpente Arco-íris espera. Quando o sangue toca a água, Serpente acorda, furiosa por sua casa ter sido violada.

Ela lança uma tempestade gigantesca. Relampeja em volta da cabana e as trovoadas rugem, então as irmãs aumentam o volume da voz e cantam mais alto para se equiparar aos estrondos. A Serpente Arco-íris se levanta do pocinho e entra na cabana, engolindo as moças e o bebê. No entanto, engole junto uma formiguinha, que se debate e irrita o estômago da Serpente, até que ela vomita a família. Mas essa salvação não dura muito. A cobra engole as moças de novo e se desenrosca, ficando em sua altura máxima. Conversando com as outras grandes serpentes do país, ela conta quais foram as coisas que engoliu, e acaba admitindo que devorou as irmãs. Finalmente, ela desce de volta para o pocinho com as duas ainda na barriga.

Esse conto bastante freudiano é a base de certos rituais do povo aborígene. Para eles, a história das irmãs Wawalag tem a ver com sangramento e a menstruação, particularmente com a sincronização dos ciclos menstruais femininos. Começar a menstruar é um sinal de que a mulher está ficando pronta para ter filhos, um evento marcado pelo povo aborígene com o ritual de sangue Kunapipi. Enquanto as culturas ocidentais só agora estão tomando

> "Quando uma criança entende pela primeira vez o que são realmente os adultos — quando entra pela primeira vez na sua cabecinha honesta que os adultos não possuem inteligência divina [...] seu mundo cai num pânico desolador. Os deuses tombaram e toda a segurança se foi."
> — JOHN STEINBECK,
> *A LESTE DO ÉDEN*

conhecimento do conceito das festas de "tenda vermelha" e celebrações que marcam a primeira menstruação, civilizações antigas vêm praticando suas versões há milênios. Essa época importante põe as mulheres aborígenes em pé de igualdade com a serpente: elas agora são criadoras, podem gerar vida, e isso é motivo de celebração.

Essa história também é a base dos rituais de passagem dos meninos, que envolvem dançar, tocar *didgeridoo*, fazer sangrias sagradas e usar sangue menstrual. Os homens menstruam e dão à luz simbolicamente enquanto os participantes são pintados com padronagens em tinta ocre avermelhada que representam a serpente. A Serpente Arco-íris é responsabilizada por uma das fases mais cruciais na vida do homem: a transição de menino a homem feito. A responsabilidade é imensa; criar filhos como pessoas respeitosas, ensinar-lhes que não precisam se conformar aos padrões de gênero e devem ser bondosos é uma tarefa vital para o futuro da sociedade. Mas, por sorte, os aborígenes e os nativos do estreito de Torres têm uma serpente das cores do arco-íris e de gênero fluido para ajudar nessa tarefa.

A criatura multicolorida é parte icônica da cultura moderna australiana também. O livro de Dick Roughsey, *The Rainbow Serpent*, é um clássico infantil, e o festival de música eletrônica Rainbow Serpent leva a história da serpente aos *ravers* de Melbourne. A combinação de mito antigo e questões contemporâneas que a história representa é potente: a Serpente se tornou símbolo para grupos ecológicos na Austrália e por todo o mundo, assim como para australianos LGBTQIAPN+, principalmente entre os aborígenes e nativos do estreito de Torres. E assim essa divindade de gênero fluido de 6 mil anos de idade serpenteia confortavelmente por entre mundos novos e antigos, encontrando seu lugar em cada geração.

MAZU

**DEUSA DO MAZUÍSMO,
DO BUDISMO,
DO TAOÍSMO,
DO CONFUCIONISMO**

Também conhecida como
Mat-su
Mazupo, A-ma
Linghui Furen
Linghui Fei
Tianfei
Huguo Bimin Miaoling Zhaoying
 Hongren Puji Tianfei
Tianhou
Tianshang Shengmu
Tongxian Lingnu
Shennu
Zhaoxiao Chunzheng Fuji
 Ganying Shengfei

Uma das deusas com o maior número de devotos no mundo – estima-se que mais de 200 milhões de pessoas –, Mazu se origina na extraordinária figura histórica Lin Mo-Niang, que viveu no século X.

Nascida em 960, em uma família de pescadores que vivia na ilha de Meizhou, no estreito de Taiwan, perto da costa sudeste da China, Lin Mo-Niang veio ao mundo em uma sala banhada de luz e perfumada pelo aroma inebriante de botões de flores frescas. Mo-Niang foi uma criança excepcional; ela era muito inteligente e tinha memória fotográfica.

Aos quatro anos, ela visita um templo e fica hipnotizada pela imagem de Guanyin, um *bodhisattva* conhecido por sua compaixão. Mo-Niang se torna budista fervorosa e a ela é dado o dom de prever o futuro. Ela devora textos religiosos e estuda com um sacerdote, Xuantong, que lhe ensina a arte da translocação, usada furtivamente por ela para visitar jardins privados perto de sua casa, onde passeia entre as flores. Na adolescência, ela se torna uma excelente nadadora e se apaixona pelo mar. Ela costuma ajudar a conduzir sua família de pescadores de volta para casa, vestindo roupas vermelhas para que eles a vejam em meio às brumas espessas que envolvem a ilha, e uma vez chega a tocar fogo na própria casa para ajudar um barco a encontrar a costa.

Nesse ponto, a história de Mo-Niang se torna mais mística. Aos quinze anos, ela e duas amigas usavam uma piscina natural como espelho para admirar seus vestidos novos. De repente, uma criatura marinha gigantesca emerge das profundezas, empunhando um medalhão de bronze. Enquanto suas amigas saem correndo, Mo-Niang aceita o medalhão, que lhe dá poderes sobrenaturais. Poderes dos quais ela faz bom proveito.

Em uma tarde escura de raios e trovões, os irmãos e o pai de Mo-Niang estavam fora, pescando. Mo-Niang estava em casa tecendo uma tapeçaria quando entra em transe. Ela tem uma visão da família, do barco sendo jogado para lá e para cá em meio às ondas descomunais e naufragando. Ela usa seus poderes de teletransporte para alcançá-los e luta para que não se afoguem. Mo-Niang consegue carregar todos eles; usa até os dentes para segurar o pai. No entanto, naquele mesmo momento, na casa da família, a mãe de Mo-Niang vê seu corpo desacordado e caído em cima do tear e a acorda, desastrosamente, deixando o pai à mercê do oceano. Quando os irmãos retornam, eles contam que haviam perdido o pai. Abalada, Mo-Niang entra no mar e leva três dias para encontrar o corpo.

> "Eu devo ser uma sereia. Não tenho medo de profundidades, mas tenho um grande medo da vida superficial."
> — ANAÏS NIN,
> *THE FOUR-CHAMBERED HEART* (1950)

Mo-Niang se recusou a se casar; quando recebe pedidos de casamento de dois generais, ela insiste que eles lutem um contra o outro para conquistar esse privilégio. Os dois, embora dominassem as artes marciais, acabam morrendo na contenda: alguns dizem que um mata o outro, outros que eles são aniquilados pela própria Mo-Niang, que era especialista em *kung fu*. Alerta de *spoiler*: eles depois se tornam os espíritos companheiros de Mo-Niang, quando ela se transforma em deusa. Outras histórias contam que esses generais já haviam assumido sua forma espiritual e, simplesmente, domam Mo-Niang usando uma echarpe mágica de seda.

Mo-Niang morreu relativamente cedo, aos 28 anos. Os relatos sobre sua morte variam, mas o mais romântico conta que ela simplesmente se despediu da família e subiu até o topo de uma montanha perto de sua casa. Lá, no pico coberto por neblina, ela mergulhou nas brumas e arremeteu rumo ao céu, voando em um arco-íris para se tornar deusa. Depois de sua morte, o povo da ilha construiu um templo para a amiga e nova deusa, que recebeu o novo nome de Mazu. Ela se torna a deusa padroeira do mar, protegendo marinheiros, e a devoção se espalha rapidamente. Templos brotam por todo o território que hoje em dia corresponde à China e a Taiwan, decorados com estátuas de Mazu usando seu típico quimono vermelho. Essa deusa compassiva faz contraste com as severas figuras paternas da época, como os Reis

Dragões. Talvez tenha sido essa empatia o que a tornou tão popular. Ela foi promovida dezenas de vezes ao longo do milênio seguinte e absorveu outras divindades menores, até se tornar a "Imperatriz Celestial". O mazuísmo é uma religião em si, embora também haja altares para Mazu em templos budistas e taoístas.

DA FORÇA À FORÇA

Apesar de cada vez menos gente se apoiar na pescaria de risco como ganha-pão, o mazuísmo continua a crescer: há quase o dobro de templos mazuístas em Taiwan hoje em dia do que havia em 1980, e muitos mais por todo o mundo, de Melbourne a São Francisco. Inclusive, um templo mazuísta temporário, adornado no topo com uma flor de lótus de cerca de 12 metros, foi construído só para o festival Burning Man, de 2015, nos Estados Unidos.

Diz-se que as pessoas em apuros apelam a Mazu antes de tentar qualquer outra divindade: ela não precisa colocar uma roupa chique ou se olhar no espelho antes de correr para ajudar. Ela é uma deusa doméstica, conhecida informalmente pelo povo como "mãe" ou "vovó". Muitas famílias têm altares para Mazu em suas casas e os pescadores colocam sua imagem nos barcos. As mulheres que vivem em sua ilha fazem penteados ao estilo Mazu, em formato de vela, e usam calças de duas cores, metade na cor vermelha, para homenagear sua heroína.

Antes violentamente contra as religiões, o Partido Comunista da China agora incentiva a organização de eventos como a peregrinação de Mazu, que ocorre no terceiro mês lunar da China, embora façam questão de descrevê-lo como uma celebração de patrimônio cultural, e não devocional. Talvez a natureza democrática dos templos de Mazu ajude a suavizar o aspecto religioso para o partido – são indivíduos comuns que cuidam deles e qualquer pessoa pode se declarar devota – não existem cerimônias de iniciação nem credos a decorar. O fato de que as celebrações também atraem turistas, comércio com Taiwan e dinheiro para o país provavelmente também ajuda.

Então, Mazu passa de simples filha de pescadores ao renome internacional, com templos por todo o mundo. Mas fica uma pergunta: como será que Mo-Niang, aos quatro anos, reagiria ao saber de seu futuro? Ironicamente, para uma figura tão enraizada em um país comunista, ela pode ser entendida como alguém que completa a jornada capitalista por excelência, isto é, o sonho americano, pois ela se ergue da pobreza ao *status* de figura inspiradora mundial.

EGLÉ, A RAINHA DAS SERPENTES

MULHER LITUANA

O conto de fadas estilo *Romeu e Julieta* de Eglé e seu príncipe serpente é romântico e trágico, mas envolve uma transformação inesperada. Eglé pode ser um triste exemplo de mulher como mercadoria, mas seu pensamento ágil, sua disposição compassiva e sua autodeterminação vêm inspirando e consolando jovens lituanas há séculos.

A história de Eglé faz parte do cânone de contos de fadas lituano. O país foi um dos últimos na Europa a se converter ao cristianismo, no final do século XIV, então seus mitos de deuses e deusas seguem brilhando nos contos populares, e nem sua transformação em historinha para contar diante da lareira consegue apagar esse brilho.

Eglé era filha de fazendeiro e a mais nova de doze irmãos. Ao se vestir depois de nadar com as irmãs, ela é surpreendida por uma cobra de grama presa na manga de sua roupa. A serpente protesta, com voz de homem: "Eglé! Case-se comigo que eu saio daqui!" Eglé, em pânico, concorda, e a cobra vai embora, sinuosa.

Três dias depois, a horta da família havia se tornado um mar ondulante de milhares de cobras, que sibilam: "Queremos Eglé, ela fez uma promessa." Os pais da moça resistem e não querem saber de deixar a filha ir embora com serpente nenhuma. O pai tenta enganar os répteis: primeiro, oferece um ganso, depois, uma ovelha e, depois, uma vaca vestidos com as roupas da filha. Mas, todas as vezes, aparece um cuco dando o alerta das serpentes. Quando os bichos ameaçam arruinar completamente a fazenda, infelizmente, o fazendeiro cede e entrega a filha.

As cobras a levam para perto do lago, onde um belo jovem a espera. Aquela primeira serpente havia se transformado em um príncipe chamado Zilvinas. Os dois se apaixonam perdidamente, montam seu lar no fundo do mar e têm quatro filhos. Um dia, Eglé pede permissão ao marido para visitar a casa onde nasceu. Zilvinas fica em dúvida se a deixa ir, com medo de que ela não volte mais, e lhe pede para fazer três coisas em troca: fiar uma quantidade infinita de seda, usar um par de sapatos de ferro até as solas se desgastarem e assar um bolo (depois de ele esconder todos os utensílios de cozinha do reino menos um). Pedindo conselhos a uma anciã, Eglé usa sua perspicácia para completar todas as tarefas e, então, Zilvinas a deixa ir, a contragosto. Ele ensina a Eglé as palavras de um encantamento especial, para que ela possa chamá-lo quando quiser voltar para casa: "Zilvinas! Se estiver vivo, mande ondas de leite, se não, mande ondas de sangue."

Eglé volta à fazenda com os filhos. Ela conta para a família tudo sobre sua contente vida nova, mas os irmãos querem que ela fique com eles e armam uma emboscada para forçá-la a ficar. Eles intimidam os filhos de Eglé para tentar descobrir o encantamento secreto que traria o príncipe para a terra, até que a mais nova, Drubele, não aguenta e sussurra as palavras. Os homens vão até o lago e gritam a frase mágica. O príncipe serpente emerge e os irmãos de Eglé o esquartejam com suas foices. Na manhã seguinte, Eglé vai até o lago e chama seu amado, mas o que aparece é uma espuma manchada de sangue. A voz do marido sussurra em seus ouvidos e lhe conta quem o matou e também quem a traiu, a própria filha. Tomada por ondas de pesar e fúria, ela pega os filhos, aterrorizados e em prantos, e, usando mágica, transforma um por um em árvore. Os três filhos viram um carvalho, um freixo e uma bétula, e a filha vira uma faia tremulante. Finalmente, com lágrimas escorrendo pelo rosto, ela se transforma em um abeto: a árvore resiliente e sempre viva que cobre as montanhas da Lituânia ainda é chamada de Eglé.

Sua história trágica pode ser entendida, em parte, como simples mito de criação que explica como as árvores se formaram e foram nomeadas. O fato de as serpentes serem cobras de grama também tem um papel importante no conto: símbolos de fertilidade e riqueza, elas eram inclusive animais de estimação nos lares lituanos.

UM FENÔMENO GLOBAL

Acredita-se que essa saga tenha passado pela Índia via Cazaquistão e Ucrânia chegando até a Lituânia, onde foi registrada pela primeira vez por escrito em 1837, tornando-se inspiração para obras de arte, peças de teatro e exposições. Em 1940, serviu como base para um poema extremamente popular escrito pela poeta lituana Salomeja Néris, uma obra cujos temas de traição e migração foram um prenúncio da Segunda Guerra Mundial. Não é para menos que essa história tenha reverberado desde sempre entre tantas mulheres de tantas culturas diferentes.

Fundamentalmente, a narrativa é sobre a postura da sociedade com relação às mulheres. Ela foi propagada nacionalmente em uma época em que as mulheres eram vistas como propriedades a serem negociadas em troca de poder ou dinheiro. Morrendo de medo de perder sua casa e seu sustento, a família de Eglé dá a filha em troca de sua segurança futura. E então, depois de ter se apaixonado pela criatura para quem eles a haviam mandado, ela é punida mais uma vez e o marido é assassinado por seus próprios irmãos. Isso lembra muito as "mortes por honra" do mundo moderno, que nada mais são do que assassinatos de mulheres que foram vítimas de estupro ou que se recusaram a aceitar casamentos arranjados.

Em outro nível, a história é sobre a ameaça do casamento, que, no passado – e, em alguns lugares, ainda no presente – paira sobre a cabeça das meninas. O medo de serem forçadas a se casar com algum pretendente mais velho e intimidador quando ainda jovens, de serem arrancadas do lar da família e lançadas em um lugar desconhecido, onde se espera que cuidem da casa e vão para a cama com alguém que mal conhecem: essas cobras sinuosas não poderiam ser mais freudianas.

No entanto, Eglé teria levado alguma esperança a essas meninas apavoradas. Ela teve sorte, é claro, de seu marido ser bonito e bondoso, afinal. Além disso, ela também demonstra ter cada vez mais resiliência à medida que amadurece. Ela passa a dirigir a própria história, ganhando autonomia e ainda escolhendo qual será seu último e trágico ato.

> "Quando uma mulher se junta a uma serpente, é ameaça de tempestade moral em algum lugar."
> — STACY SCHIFF, *CLEÓPATRA: UMA BIOGRAFIA*

Em *Da fera à loira* (1994), a feminista Marina Warner afirma: "Os contos de fada são uma troca de conhecimentos entre uma voz mais experiente e um público mais jovem, eles apresentam imagens dos perigos e possibilidades que estão por vir [...]. Eles reagem às adversidades com sonhos de vingança, poder e acerto de contas." A história de Eglé é cheia dos "perigos e possibilidades". No entanto, ela arregaça as mangas e tenta encontrar soluções práticas para seus problemas, ainda que algumas dessas soluções sejam chocantes.

CAPÍTULO 5

ESPÍRITOS BENFEITORES

Divindades magnânimas, espíritos generosos, deusas domésticas

TĀRĀ

**DEUSA BUDISTA/
HINDUÍSTA**

Também conhecida como
Aria Tārā
Jetsun Dölma
Tārā Bosatsu
Duoluó Púsà
Lua da Sabedoria

A deusa Tārā, ao recusar-se a tomar forma masculina para alcançar a iluminação, dá uma aula de autoconfiança. Reconhecida amplamente no hinduísmo e absorvida por muitas vertentes do budismo como deusa, *bodhisattva* e buda, Tārā continua sendo popular no Tibete e na Mongólia. As narrativas divergentes sobre suas origens causam um pouco de confusão. Ela pode ter surgido com o *shaktismo* – um dos três principais ramos do hinduísmo –, no qual era reconhecida como deusa-mãe.

O nome de Tārā foi mencionado pela primeira vez por escrito no *Mañjuśrī-mūla-kalpa*, do século V da Era Cristã. Mas a narrativa originária que talvez seja a mais inspiradora foi escrita na Índia em cerca de 700-800. Essa foi uma época de muitas mudanças no budismo, pois diferentes vertentes estavam formando o que veio a se tornar o Vajrayana: um modelo de crença que incentiva os devotos a reviver as experiências do fundador do budismo. A contribuição e a importância das mulheres à religião começaram a ser reconhecidas mais amplamente à medida que elas ganhavam visibilidade como professoras e como budas.

LUA DA SABEDORIA

De acordo com o tantra de origem de Tārā, conhecida como Lua da Sabedoria, ela era inicialmente uma princesa devota. Vibrante e inteligente, ela estuda muito, faz oferendas como se deve e chega perto de alcançar a iluminação (isto é, de atingir o patamar superior de conhecimento de um buda). Até que, finalmente, ela se vê frente a frente com o buda e faz seu voto de *bodhisattva* – uma promessa que marca sua intenção de continuar no caminho da budeidade e de colocar as necessidades dos outros acima das próprias. Fica claro, na mesma hora, aos monges presentes, que Lua da Sabedoria era especial, uma aprendiz excepcional. Eles a parabenizam e explicam que, se ela pedir em suas preces para renascer como homem, poderá alcançar a iluminação. Tārā sorri, eleva o rosto e retruca: "Aqui não há homem; não há mulher, nem ego, nem pessoa, nem consciência. Os rótulos de 'macho' e 'fêmea' são nulos. Ah, como os tolos mundanos se iludem." Ela, então, faz uma promessa insubmissa: "Aqueles que buscam alcançar a iluminação suprema no corpo de um homem são muitos, mas os que buscam servir aos objetivos dos seres no corpo de uma mulher são mesmo poucos; e, portanto, que eu, até que este mundo se esvazie, trabalhe em prol de todos os humanos no corpo de uma mulher." E foi o que ela fez. Ela renasce como mulher, passa mais de dez milhões de anos meditando, e, com isso, liberta o mesmo número de seres dos grilhões de suas mentes mundanas. Por essa peleja, ela se torna a deusa Tārā.

Em outra narrativa do budismo tibetano, Tārā brota de uma flor de lótus que nasce das lágrimas de Avalokiteshvara (também conhecido como Chenrezig), o buda compassivo. Ele estava chorando porque percebeu que toda a humanidade sofria, e não havia muito o que ele pudesse fazer. Cheia de energia, Tārā se oferece para ajudá-lo nessa tarefa de aliviar as dores do mundo. Mas Tārā se torna mais do que uma ajudante de um buda homem ou uma deusa qualquer. Mestre em viagens e navegação, ela ajuda as pessoas a enfrentar águas turbulentas, tanto físicas quanto espirituais, e também é conhecida como divindade da floresta. Mais importante é sua capacidade de agir imediatamente com compaixão e de forma incondicional: ela é muitas vezes representada com uma perna dobrada, como se estivesse meditando, e a outra esticada, literalmente pronta para atacar. Ela não hesita em oferecer ajuda, sem questionamentos, sem discriminação, protegendo e auxiliando toda a humanidade ferozmente, como se cada ser humano fosse seu filho. Hoje em dia, poderíamos imaginá-la na linha de frente de um protesto sobre as mudanças climáticas, uma guerreira mãe-natureza ambientalista, empunhando seu cartaz, incentivando as pessoas, mas, ao mesmo tempo, cuidando para que todos estejam seguros.

UMA DEUSA DE MIL DISFARCES

Tārā assume várias formas. Em algumas vertentes do budismo, ela tem 21 aparências, cada uma associada a uma cor diferente e com características distintas: Tārā Verde, a salvadora, e a mais notável do grupo; Tārā Branca, a curandeira, que representa vida longa; Tārā Vermelha, que usa seus poderes de sedução para encontrar pessoas que precisam de ajuda; Tārā Amarela, a forma da riqueza; Tārā Azul, a guerreira irascível; e Tārā Negra, que é cheia de poder e se manifesta por meio de um mantra secreto. Esse arco-íris de Tārās traz sutileza e nuances de significado a essa figura. Uma pessoa que esteja precisando de ajuda mais complexa pode formular uma combinação específica de Tārās, por exemplo. Essa multiplicidade é um dos atributos mais adoráveis de Tārā; ela pode ser obtinada e representa as complexidades da vida de muitas mulheres: equilibrar a vida profissional e doméstica, ser assertiva e terna, pagar o aluguel, se permitir o ócio doméstico, lutar, ser protetora.

A narrativa de Tārā tem inspirado mulheres ao longo de milhares de anos de budismo. Ela já incentivou muitos budistas a não só se sentar e meditar, mas também a se levantar e pôr a mão na massa, a estar presente imediatamente, pronto para a ação. As comunidades budistas no mundo inteiro dão seu nome a templos e incluem rituais ou práticas dedicados a Tārā como parte de sua devoção. Fundamentalmente, há algo de muito telúrico e real nessa deusa que, não só insistiu em permanecer em sua forma feminina, mas também representa as complexidades e o espírito de realização de mulheres do mundo inteiro.

"Toda vez que uma mulher se defende, sem nem perceber que isso é possível, sem qualquer pretensão, ela defende todas as mulheres."
– MAYA ANGELOU

MADDERAKKA

ESPÍRITO LAPÃO

Também conhecida como
Madder-Akka
Mattarakka
Maadteraahka

A ideia de dar à luz pode ser um tanto quanto intimidadora, ainda mais em épocas pré--anestésico e pré-antibióticos. Para a sorte do povo sámi – que vive em Sápmi (ou Lapônia), uma região que abrange partes da Noruega, da Suécia, da Finlândia e da Rússia –, Madderakka e suas três filhas, Sarakka, Juksakka e Uksakka, existem para ajudar as mulheres a enfrentar essas dificuldades.

Na língua sámi, *akka* significa "bisavó", e há um panteão de espíritos *akka* associados ao nascimento e à morte. Madderakka, a deusa mãe, é responsável pelo parto seguro. Ela vive sob o piso das cabanas sámis, sob a terra. Em certo mito, seu companheiro, Madderatcha, o deus da humanidade, cria as almas e as passa para Madderakka, que envolve cada uma com um corpo. Em outra história, o deus supremo Radien cria uma alma e a envia a Madderatcha, que a carrega em sua barriga, dando uma volta em torno do Sol antes de passá-la a Madderakka. Ela então entrega o bebê a sua filha Sarakka, se for uma menina, ou a sua filha Juksakka, se for um menino. Finalmente, o bebê é colocado no útero da mãe.

Sarakka – a "avó do parto" ou "da separação" e deusa da fertilidade e da menstruação – ajuda as mulheres sámis com a gravidez e o parto. Ela vive no fogareiro central da casa. Verdadeiramente empática, diz-se que ela sente a dor junto com as mães durante o trabalho de parto, e que essas mães, como pagamento, cortam lenha para ela durante o processo do parto. Depois de dar à luz, a mãe toma um mingau especial que tem o mesmo nome dessa deusa e o compartilha com outras mulheres. Três pinos divinatórios são colocados no prato: em algumas áreas, um é branco, o outro, preto e o outro tem anéis entalhados em volta. Depois do nascimento, os pinos são enterrados debaixo da porta: quando o branco some, isso significa que mãe e bebê ficarão bem, mas quando o preto some, isso significa que a criança não sobreviverá.

Juksakka – a "avó do arco" – vive na parte de trás da casa e protege a criança na primeira infância, além de ensiná-la a andar. Em alguns lugares, coloca-se um arco dentro do mingau pós-parto, em vez de pinos; as sobras mostram a sina da criança e são penduradas acima de sua cama. A frente da casa é o lar de Uksakka – a "avó da porta" –, que também ajuda no parto e cuida da criança à medida que ela cresce e começa a andar. Os sámis derramam conhaque no chão em frente à porta para agradar a esse espírito.

UM CÍRCULO DE MULHERES

Em uma época em que o parto era um processo incerto e até perigoso, ter um círculo de mulheres cuidadoras em volta de uma jovem gestante certamente era reconfortante e empoderador. Junto às parteiras e às mulheres mais velhas da tribo, ter esses espíritos sábios e benevolentes pairando nos arredores ajudava a acalmar uma parturiente de primeira viagem. E saber que elas estariam presentes também depois do parto, criando um espaço seguro e confortável para a criança crescer, era um motivo extra para se sentirem mais seguras. Criar um filho é trabalho para toda a tribo, é verdade, mas contar com uma mãozinha divina também ajuda.

No entanto, Madderakka não é uma relíquia empoeirada, confinada ao passado. Nos séculos XVII e XVIII, cristãos que chegaram às regiões da Lapônia a integraram à sua religião. A Maria bíblica, mãe de Jesus, era conhecida entre os lapões como uma *akka* e, assim como sua antecessora, era convocada tanto durante o parto quanto para a cura. Madderakka continua sendo popular na cultura sámi até hoje. Ela evoluiu, de certa forma, e agora vive debaixo do piso dos lares modernos das feministas: tornou-se um símbolo para mulheres em busca de direitos iguais.

> "O parto é um ato mais admirável do que a conquista, mais impressionante do que a autodefesa, e tão corajoso quanto qualquer um dos dois."
> — GLORIA STEINEM

SARAKKA RENASCE

Nos anos 1970, pastoras sámis de renas começaram a exigir paridade. A modernidade havia afetado essas mulheres de forma desmedida: suas habilidades com o manejo de pele animal e o trabalho doméstico não eram mais necessários do mesmo modo; e a influência crescente do cristianismo significava que a estrutura muito antiga e mais matriarcal de sua sociedade estava sendo corroída. Em 1988, elas formaram sua própria organização de mulheres chamada Sarakka, como a adorada deusa do parto: uma indicação da importância e influência perenes da deusa. Em anos mais recentes, ainda mais novos brotos das antigas religiões surgiram. O xamanismo lapão está vivendo uma retomada, por meio de cerimônias, medicina tradicional e até em salões de beleza que misturam práticas xamanísticas de cura com tratamentos modernos. Nas artes, artistas sámis contemporâneas, como Sofia Jannok, Elle Marja Eira e a escultora de gelo Elisabeth Kristensen, nutrem a memória da parteira espiritual que trouxe ao mundo gerações anteriores criando trabalhos inspirados por sua ascendência sámi.

Talvez seja o caráter terreno de Madderakka e sua família o que mais chama a atenção. Essas mulheres, incumbidas da mais árdua e preciosa das tarefas, a de criar vida humana, podem ser encontradas vivendo humildemente nas casas de seus devotos, sob o piso, na porta, no fogo. Madderakka e suas três filhas estão, portanto, em todas as casas: envolvendo, nutrindo, protegendo. É um lugar reconfortante e próximo para as divindades morarem: se você precisar delas, basta um sussurro.

MOIRAS

ENCARNAÇÕES DO DESTINO NA GRÉCIA ANTIGA

Também conhecidas como
Moirae
Moerae
Parcas
Fiandeiras do Destino

Essas três encarnações do destino controlam a vida das pessoas e dos deuses. Fiando e tecendo juntas, as moiras tramam uma teia complexa de nascimento, vida e morte.

Na *Teogonia*, de Hesíodo, escrita por volta de 700 a.C., as moiras são descritas como filhas de Nix, a misteriosa e sombria deusa da noite cujo manto se abria sobre o céu e o escurecia, e de Érebo, uma divindade primordial que representava a escuridão mais profunda. Até mesmo entre os deuses do panteão grego, essas divindades eram antiquíssimas, talvez remanescentes da religião micênica da Idade do Bronze.

Embora Homero tenha escrito sobre as moiras no singular em todas as instâncias menos uma, quando elas foram documentadas por Hesíodo, no século VIII a.C., elas haviam se tornado três, cada uma com seu nome de super-heroína. Cloto era conhecida como a Fiandeira, produzindo o fio da vida, que começava quando um mortal nascia. Ela carregava um fuso e governava o presente. Láquesis era a Medidora. Ela media o fio da vida, oferecendo aos humanos um elemento de sorte e oportunidade para fazerem o que pudessem com suas vidas.

Ela segurava um cetro e governava o passado. A pequena, mas amedrontadora, Átropos era conhecida como a Inevitável. Essa moira segurava um par de tesouras e governava o futuro. Ela cortava o fio da vida na hora da morte da pessoa e representava o caminho da existência. O trio aparecia três noites depois do nascimento de cada bebê para fiar, medir e cortar seu filamento em particular, mapeando a vida logo de início. Eram geralmente descritas como anciãs, velhíssimas, vestidas de branco com túnicas esgarçadas e com frieza no semblante. Mas, às vezes, eram retratadas como mulheres mais jovens e trabalhadoras, com uma postura mais meticulosa. Assim como apareciam nos nascimentos, também estavam presentes nos casamentos e presidindo o momento da morte.

As moiras ditavam o destino de todos, ricos ou pobres, bons ou maus, deuses ou mortais. Segundo alguns escritores, incluindo Hesíodo e o grego Pausânias, Zeus tinha poder sobre esse trio, mas outros, como Quinto de Esmirna, contavam que até esse deus poderoso tinha de baixar a cabeça às tecedeiras da fortuna. As moiras são grandes aliadas do rei dos deuses e por isso levam sua noiva, Têmis, para o casamento. No entanto, em narrativas posteriores, que buscaram reformular as histórias a partir de uma perspectiva mais patriarcal, elas eram descritas como filhas de Zeus e de Têmis. Elas lutam em nome de Zeus na batalha entre os titãs e os deuses do Olimpo e usam artimanhas para enfraquecer seu oponente, Tífon, com frutas mágicas.

Em vez de serem protagonistas de alguma história, as moiras eram uma presença sombria, em segundo plano, em vários mitos, um coro tétrico que lembrava os atores, os deuses e os leitores da natureza prescritiva da vida e da soturna inevitabilidade da morte. Elas passam parte do tempo no submundo, com as fúrias (ver página 64), que às vezes lhes serviam de capangas, executando punições. Platão as retrata sentadas ao lado das sereias, cantando em harmonia com aquelas criaturas perigosas e sedutoras, e mantendo os planetas girando com o "Fuso da Necessidade". O submundo também era onde as moiras mantinham seus livros de registros: a vida de cada pessoa, cada evento marcado em tábuas de latão e ferro. Elas podiam até se vestir com farrapos e ser descabeladas, mas eram administradoras meticulosas.

"Moiras infinitas, prole amável da Noite Negra, ouvi as minhas preces, Deusas de muitos nomes que habitais um lago no céu, onde a noite tépida faz irromper a água branca no mais profundo de uma rochosa gruta, a brilhar nas trevas."
— HINO ÓRFICO 59: MOIRAS

SORORIDADE

Esse trio tem irmãs por toda a Terra e em todas as épocas: as nornas nórdicas (Urðr, Verðandi e Skuld), que também usam fios para tecer os destinos dos mortais; as valquírias (ver página 94), que operavam um tear feito de restos humanos para lançar o destino de guerreiros; Mokosh, a deusa da fertilidade eslava que tece os fios da vida; Mari (ver página 152), que fia o destino de seu povo; e as Matres celtas, uma divindade tríplice. Sua história também alimenta a cultura popular: em *Macbeth*, de Shakespeare, tem as Irmãs Bruxas, que preveem o futuro, e Allen Ginsberg fala em "três velhas megeras" em seu poema "Howl" (Uivo).

As três mulheres têm um enorme poder em suas mãos e fusos. Que responsabilidade poderia ser maior do que mapear o destino de todas as pessoas e todos os deuses, estar presente no nascimento e na morte de todos e manter o mundo funcionando de acordo com os planos? É *quase* como sugerir que as mulheres são melhores em se desdobrar, em fazer mil coisas ao mesmo tempo, em trabalhar em grupo... Essas deusas têm poder absoluto, mas o usam de forma colaborativa, em harmonia. Sua unidade e organização mantêm o sistema operacional. Ou, como disse Oprah Winfrey: "Quando as mulheres juntam suas ideias, coisas impressionantes podem acontecer."

BRÍGIDA

DEUSA E SANTA CELTA

Também conhecida como
Brigid
Brigit
Brig
Brida
Brigantia
Britannia
Maria dos Celtas

Brígida é conhecida como santa há mais de 1500 anos, mas, como deusa, sua presença é muito mais antiga. Ela inventou um alarme para sinalizar a violência contra a mulher, teve um relacionamento lésbico e facilitou abortos. A deusa Brígida e sua versão cristianizada, Santa Brígida, representam o poderoso coração feminino no fulcro da Irlanda.

Em sua encarnação divina, Brígida veio ao mundo enquanto o sol subia ao firmamento, com seu semblante emitindo raios dourados e vermelhos, colorindo o céu. Uma entrada triunfal. Seu nome significa "flecha reluzente" ou "a resplandecente". Em *Lebor Gabála Érenn*, livro com relatos históricos medievais sobre a Irlanda, ela é retratada como filha de Dagda – o deus pai da tribo sobrenatural de divindades Tuatha Dé Danann – e de Boann, a deusa da fertilidade. Uma combinação genética de voracidade e sensibilidade artística faz com que ela seja a deusa do verso, da cura, das parteiras, dos ferreiros, do fogo, da primavera e, acima de tudo, do sol.

No Ciclo Mitológico irlandês, uma história da Irlanda pré-cristã também escrita na Idade Média, Brígida se torna esposa de Bres, rei dos fomorianos, a raça sobrenatural que luta contra os Tuatha Dé Danann. Na edição do século XI ou XII de *Cath Maige Tuireadh* (Batalha de Mag Tuired), que revisita a versão anterior, do século IX, conta-se que, quando seu filho, Ruadan, é morto pelos

Tuatha Dé Danann, Brígida carpiu (*keened*). Essa foi a primeira vez que esse lamento horripilante foi ouvido na Irlanda, começando uma tradição de etiqueta funeral que chegou a épocas recentes e se tornou a base do uivo da *banshee* (ver página 126). Na mesma estrofe, o autor conta que Brígida é mais conhecida por ter inventado um apito para sinalizar, em geral à noite, algum apuro pessoal: talvez um precursor do apito adotado por muitas mulheres para se proteger contra violência quando andam sozinhas.

A influência de Brígida difundiu-se amplamente: ela é Brida na Escócia, Brigantia na Bretanha e no País de Gales, Britannia na Inglaterra e, na cultura vudu, tem cabelos vermelhos, rosto pálido, uma boca suja (metaforicamente!) que adora beber rum e é chamada de Maman Brigitte (ver página 214). Ela é retratada não raro como uma deusa tríplice, às vezes como três irmãs, talvez por ser padroeira de três habilidades: a poesia, a cura (ou obstetrícia) e a forja. Todas as suas personas têm conexão com as chamas: a faísca de inspiração na poesia, o calor do fogareiro durante o trabalho de parto, e a forja para o trabalho do ferreiro.

Brígida tem uma ligação especial com o festival de Imbolc, que é parte das quatro fogueiras festivas dos celtas e é celebrado no primeiro dia de fevereiro. O festival marca o tempo de comemorar os primeiros brotos verdes surgindo do chão, um sussurro dos primeiros cantos da primavera. Também é uma celebração profundamente feminina, que inaugura a temporada de nascimentos do gado, os botões das flores, o respiro profundo antes da explosão das colheitas. Havia, e ainda há, rituais a serem observados nessa época, como a confecção, com junco, da cruz de Brígida – uma representação do sol com quatro pernas e um quadrado no centro –, de uma casa para a deusa, além de se acenderem fogueiras ou velas. Quando a Igreja cristã sequestrou o festival de Brígida e fez um certo *rebranding*, essa prática de acender luzes foi mantida, e o novo evento passou a se chamar Candlemas. Mas não foi apenas a efeméride da deusa o que a Igreja absorveu: foi a própria Brígida.

> "Me sentava com os homens, as mulheres e Deus
> Lá, junto à fonte de cerveja
> Bebíamos eternos a saúde
> E cada gota era uma prece."
> — SANTA BRÍGIDA

DE DEUSA A SANTA

Quando a Irlanda foi cristianizada, por volta do século V, Brígida foi transformada de deusa em santa. Alguns acreditam que os cristãos tenham transferido muitas das características da deusa para uma mulher real, Santa Brígida, e outros acreditam que Santa Brígida era uma figura tirada de narrativas antigas. O dia de Santa Brígida passou a ser primeiro de fevereiro e as tradições antigas em torno do festival de Imbolc foram incorporadas às celebrações cristãs. Nova em folha, Santa Brígida tinha suas próprias histórias, que eram tão incríveis quanto as da deusa com quem foi sincretizada. Há bastante discussão sobre o assunto, mas muitos acreditam que Santa Brígida tenha nascido por volta do ano 451 e que muitos na Igreja moderna considerariam sua vida bem pouco convencional. Uma das histórias conta que, relutante em se casar, em vez de aceitar propostas, ela pede a Deus que tire sua beleza, e então ele arranca um de seus olhos. Para fugir permanentemente do casamento, ela decide fazer o mesmo que muitas mulheres: torna-se freira. Seu olho retorna milagrosamente quando ela veste o hábito. No entanto, Santa Brígida não fica sem companhia: ela tem uma "alma gêmea" feminina, Darlughdach, com quem compartilha sua cama e que se torna abadessa de Kildare, o monastério que Brígida funda quando sua companheira morre. A santa morre um ano depois de sua amada, Darlughdach.

Kildare foi construído em cima de um altar para a versão antiga e divina de Brígida, mas algumas tradições muito mais antigas não foram totalmente extintas. As dezenove sacerdotisas que haviam alimentado a chama eterna da deusa foram substituídas por dezenove freiras, que garantiram a permanência da chama até Henrique VIII mandar apagá-la, durante a Reforma Anglicana do século XVI. Kildare era um local progressista, aceitava tanto homens quanto mulheres como monges e freiras. Os residentes tinham bastante cultura e salvaguardaram muitas obras de literatura e conhecimentos antigos durante as purgações da Idade das Trevas.

Um relato conta que Santa Brígida, uma vez, caiu no sono durante um dos conhecidamente intermináveis sermões de São Patrício. Em outra peripécia, ela foi, "por acidente", ordenada por um padre como bispo. A Igreja depois declarou que a consagração não tinha validade, pois o padre estava em um "transe sagrado".

Brígida continuou a agir de forma não convencional. Em 650, o escritor Cognitus, um monge de Kildare, descreve um milagre feito pela santa: "Uma mulher que havia feito voto de castidade caiu em tentação pelo desejo juvenil do prazer e seu ventre turgesceu. Brígida, exercendo a mais potente força de sua fé inefável, a abençoou, o que fez a criança sumir sem incorrer em parto e sem dor. Ela restaurou a saúde da mulher com sua fé e a pôs no caminho da penitência."

Portanto, médica compassiva, iconoclasta, ativista dos direitos iguais, lésbica, bispa, refratária aos estilos de vida convencionais: é *esta* mulher que está sendo retomada como ícone pelas mulheres modernas. Em 1993, o fogo sagrado de Brígida foi reacendido por um grupo de Irmãs Brigidinas em um centro cristão de espiritualidade ecumênica na cidade de Kildare. A comunidade de homens e mulheres que zela pela chama é formada por defensores ardorosos da conciliação, da paz e da justiça social.

Em uma época na qual as questões envolvendo o direito ao aborto estão frescas na cabeça das pessoas, quando o pavio curto da violência sectária se aproxima da chama e quando as marchas pelos direitos das mulheres tomam as ruas de Dublin e Belfast, Brígida se torna um exemplo forte para a Irlanda contemporânea e muito além. Podemos ver seu rosto nas bandeiras dos grupos a favor da escolha de abortar, sua cruz tatuada na pele. Até para os padrões atuais, ela é radical, uma figura cuja história reverbera no mundo todo.

ERZULIE DANTOR E ERZULIE FREDA

DEUSAS DO VODU

Também conhecidas como
Ezilí Dantor
Erzulie D'en Tort e Lady Erzulie
Erzulie Fréda Dahomey

Essas contrastantes deusas haitianas do amor representam duas facetas bem diferentes da mulher, uma paqueradora e charmosa e a outra fria e cheia de princípios. Uma linha de pensamento considera as irmãs parte de uma deusa tríplice, junto a La Sirène, deusa do mar e uma variação de Mami Wata. Outras correntes acreditam que as irmãs sejam parte de um grupo maior de Erzulies, cada uma representando um aspecto diferente das deusas.

O vodu tem dois grupos de *loas* (espíritos) ou deuses: a família Rada e a família Petro. Os Rada formavam o panteão mais antigo de divindades, espíritos ancestrais e da natureza, que embarcaram em navios no século XVIII com africanos escravizados devotos, que suportaram a jornada através do Atlântico rumo às plantações no Haiti.

As cerimônias, as danças, os transes e as possessões que essas pessoas levaram da África até o Novo Mundo as ajudaram, até certo ponto, a lidar com o abuso a que foram submetidas nas plantações.

REVOLUÇÃO E ÓDIO

Os deuses Rada, por sua vez, foram complementados pela família Petro, dos *loas* mais novos e mais agressivos, gerados pelas vidas de violências inimagináveis de seus devotos escravizados. À medida que os africanos se miscigenaram com pessoas de outras origens, eles foram absorvendo e adotando deuses de outras religiões como *loas* Petro. Os escravizados inclusive adotaram alguns ícones católicos franceses de seus "senhores", que, às vezes, os usavam como símbolos, substitutos de seus deuses e deusas originais, o que permitia que continuassem seguindo secretamente as tradições antigas. Por fim, esses novos ícones foram sincretizados com os antigos e incorporados à religião vodu.

A madona negra católica polonesa foi um dos ícones adotados como disfarce para uma deusa do vodu. Suas imagens foram levadas ao Haiti por mercenários poloneses que estavam lutando na Revolução Haitiana do final do século XVIII, que foi vitoriosa e levou à independência da colônia. A madona foi amalgamada à Erzulie Dantor, um dos novos *loas* Petro, assumindo sua pele escura e duas cicatrizes no rosto. O levante começou depois de um festejo em homenagem a Dantor, e por isso ela recebe o crédito por ter iniciado a guerra. Apesar de seu *status* como deusa, os ilhéus reservam seu local na história da vida real e, assim, conta-se sobre como ela lutou junto aos escravizados rebeldes e até suportou ter sua língua decepada, o que a deixou muda. Ela levou seu temperamento explosivo e sua força à batalha, e seu caráter foi moldado pelo conflito.

> "E, se você não gostar de mim, que vá para o inferno, meu amor."
> — DOROTHY PARKER

Dantor é mãe solteira e tem uma filha, Anaís. Alguns acreditam que a maternidade solo tenha ocorrido por ela ser lésbica, e que ela só dormia com deuses homens para engravidar; por isso, foi adotada como santa padroeira das mulheres *queer*, já que a homossexualidade é aceita na religião vodu. Ela é uma feroz protetora das mulheres e das crianças, especialmente daquelas que sofrem violência doméstica, e é vista como defensora dos desfavorecidos. Diferentemente de sua irmã emotiva, Dantor não chora; em vez disso, ela redireciona sua tristeza para a ação e a vingança.

Ela é a deusa ideal para mulheres reais, aquelas que lutam para sustentar a família, as que sofrem abuso mental e físico, as que são ostracizadas por suas escolhas sexuais-afetivas. Seus seguidores enxergam em Dantor um reflexo de suas próprias vidas duras. Não é de admirar que ela ainda seja objeto de adoração fervorosa, sendo louvada e incorporada em cerimônias religiosas até hoje.

Em contraste com a irmã mais enérgica, Erzulie Freda é um *loa* Rada africano que é deusa da beleza, da prosperidade e da dança. Ela usa três alianças de casamento, que recebeu de presente dos maridos que a mimam: Ogum, Agué e Dambalá. Ela é quase uma paródia da mulher superfeminina: adora docinhos, colares de diamantes, bolos com cobertura e banhos de espuma aromáticos. Ela chega deslumbrante em uma nuvem de perfume, com uma taça de champanhe *rosé* na mão, soltando risadas e lançando seu olhar em volta do local, procurando alguém para seduzir. E como ela seduz! Freda é uma amante igualitária: homem, mulher, que venham todos.

Gastadora, generosa tanto com dinheiro quanto com afeto, Freda ama ser bajulada: para ganhar sua atenção, diga o quanto ela é bonita, como está cheirosa. Uma vez atraída, ela vem dançar juntinho, toda sensual, às vezes perto demais, e pode ser mesmo desconfortável. No entanto, homens e mulheres que já se aproximaram de Erzulie Freda – os seguidores do vodu às vezes se "casam" com ela ou são possuídos por seu espírito – descreveram o relacionamento como vazio e insatisfatório: ela chora muito por causa da natureza do amor, por sempre terminar em pesar. Suas lágrimas refletem aquelas de sua versão cristã, Nossa Senhora das Dores, a Virgem Maria que chora. Freda é o espírito guardião de homens gays, principalmente das *drag queens*, o que não chega a surpreender, pois sua aparência é quase um tipo de *drag*, uma montagem cor-de-rosa. Os homens a imitam nas cerimônias vodu, agindo como coquetes, dançando, mas, por fim, terminando aos prantos.

O contraste entre essas duas deusas irmãs é enorme: a honesta, áspera, protetora e forte Dantor e a mais suave, mais caprichosa, quase mimada Freda. Suas posturas tão diferentes quanto ao amor representam um dilema mais amplo enfrentado por muitas mulheres: o de se conformar com as normas sociais do que se espera de uma mulher – sorrir para os outros, dançar, flertar para conseguir as coisas –, ou escolher ser mais Dantor e assumir a cara de brava, manter a integridade acima das expectativas e defender ferozmente os que mais precisam de ajuda.

BONA DEA

DEUSA ROMANA

Também conhecida como
Fauna
Feminea Dea
Sancta
Laudanda Dea
Boa Deusa
Maya

Envolta em mistério, Bona Dea era uma deusa das mulheres: seus rituais só podiam ser feitos por iniciadas. Dizem que suas cerimônias, íntimas e inebriantes, eram regadas a vinho proibido e duravam até o nascer do sol. No entanto, essas atividades só para certas mulheres representaram desvantagem histórica: por ela ficar longe dos olhos dos homens, a história dessa deusa quase se perdeu.

Podemos adivinhar alguns fatos simples sobre Bona Dea: essa figura maternal pode ter sido padroeira da fertilidade, da virgindade e da cura, pois era retratada muitas vezes segurando uma cobra, o símbolo da medicina. Isso dá força à teoria de que sua devoção teria se fundido à da deusa curandeira grega Damia, um nome que pode ter sido variação de Démeter. Uma teoria alternativa diz que ela era também a mulher ou a filha de Fauno, o deus cornudo das florestas e das zonas rurais.

Bona Dea tinha seu próprio templo no monte Aventino, em Roma, que se estima ter sido construído no século III a.C. O lugar era descrito como um centro de cura, com sua própria despensa de ervas e cobras inofensivas passeando pela área. Projetado com salas e

escaninhos secretos, o prédio era mantido e administrado exclusivamente por mulheres e – algo que era raro em templos – tinha paredes altas. Essa aura misteriosa só servia para deixar os homens romanos intrigados, curiosos sobre os ritos e manifestações que ocorriam lá dentro.

Talvez eles estivessem certos em desconfiar que era divertido ser devota dessa deusa, pois Bona Dea adorava um festival. Ela tinha dois: um em maio e outro em dezembro. Somente nesses festivais se permitia que as mulheres romanas casadas se reunissem à noite, bebessem vinho forte e fizessem sacrifícios de sangue. O festival de maio ocorria no templo, e mulheres de todas as fases da vida e classes sociais, desde escravizadas até as elites compareciam.

O evento de dezembro tinha uma lista de convidados bem mais exclusiva, no entanto. Ocorria na casa do magistrado romano, mas a anfitriã era a esposa dele, e o que ocorria exatamente nesse evento era assunto de muita especulação entre os homens da cidade. Sabemos que, antes de o festejo começar, as mulheres presentes faziam um voto temporário de celibato e todas as representações de homens eram retiradas da casa, panos eram pendurados sobre os quadros e as estátuas eram guardadas. Decorava-se o espaço com flores e preparava-se uma festa ritual acompanhada de vinho. Muito vinho forte, cerimonial. Provavelmente, era um festejo tanto social quanto religioso: uma chance de encontrar outras mulheres sem os homens estarem presentes, colocar as fofocas em dia e relaxar em um espaço só para mulheres. As nobres dançavam ao som de música ao vivo, faziam sacrifícios e jogavam. O escritor romano Juvenal exclamou: "Meu Deus! As mulheres ficam todas excitadas com vinho e música agitada; elas vão à loucura!". No entanto, as mulheres não mencionavam a palavra "vinho", elas usavam o eufemismo "leite".

> "Me senti como se não existisse, como se fosse invisível, a quilômetros de distância do mundo, quilômetros de distância. Você não imagina o tanto que fui sozinha por toda vida."
> — IRIS MURDOCH, O MAR, O MAR

Esse festejo anual adquiriu um tipo diferente de notoriedade em 62 a.C. O festival estava ocorrendo na casa de Júlio César, aos cuidados de sua esposa, Pompeia. Em uma manobra estranha, Clódio Pulcro, um aliado político de César, vestiu-se de mulher harpista para entrar de penetra na festa e seduzir a esposa de seu amigo. Quando ele foi descoberto, as mulheres ficaram furiosas; ele não só tinha a intenção de desonrar Pompeia, como também havia conspurcado a cerimônia. Foi um escândalo enorme, que terminou de forma bem misógina, com Clódio inocentado e César divorciado da esposa, que teve de passar o resto da vida "sob suspeita". O escândalo profanou de tal forma o festival de dezembro que ele foi cancelado. E, é claro, foi descartado para sempre, pois a cerimônia ficou malvista, associada com um escândalo e com o mau comportamento. Mesmo cem anos depois, Juvenal a descreve como uma desculpa para que mulheres e homens disfarçados se embebedassem e fornicassem.

O que acontecia por trás das paredes do templo de Bona Dea – e por que acontecia – é algo sobre o que só se pode especular. Talvez se acreditasse que a deusa ajudava com a fertilidade, um assunto tabu na época, apesar de ser algo que causou fascínio, vergonha e agonia para as mulheres ao longo da história. Ou pode ser que as mulheres de Roma precisassem de um abrigo, um espaço de cura e voltado para as mulheres, onde elas pudessem compartilhar conhecimentos e opiniões e relaxar.

Ou, ainda, a história frágil de Bona Dea pode ter simplesmente se perdido como um dente-de-leão ao vento, sem ter sido documentada por cronistas. Os "interesses femininos" foram historicamente considerados sem importância: até hoje, muitos escritores julgam irrelevantes temas cruciais para a mulher, como a criação de filhos e a menopausa, quanto mais assuntos "banais" como moda e maquiagem.

RESGATANDO A HISTÓRIA

De forma perversa, talvez tenha sido o apagamento de Bona Dea da história o elemento que a tornou importante. Talvez ela represente as mulheres esquecidas; as inovadoras, as grandes pensadoras, artistas e compositoras cujas conquistas foram jogadas para escanteio ou apagadas da história: mulheres como Zelda Fitzgerald, cujos comentários espirituosos eram roubados a toda hora pelo marido F. Scott Fitzgerald, e pessoas como Chien-Shiung Wu, Lise Meitner e Jocelyn Bell Burnell, todas preteridas pelo prêmio Nobel em favor de colegas homens que trabalharam nos mesmos projetos. Esse fenômeno é tão comum que tem um nome só dele: efeito Matilda. Fanny Mendelssohn é outro exemplo: a irmã do compositor Félix Mendelssohn ficou em casa em Berlim compondo músicas, enquanto o irmão viajava pelo mundo, arrancando elogios até da Rainha Vitória pelo trabalho de sua irmã. Como Bona Dea, às vezes é impossível dimensionar a contribuição dessas mulheres, mas pelo menos elas estão começando a ser reconhecidas. Quantos outros milhares, milhões de trabalhos feitos por mulheres se perderam totalmente por causa de uma história escrita por homens?

Talvez seja preciso que resgatemos e elevemos Bona Dea como padroeira simbólica de toda mulher silenciada e preterida. Talvez assim seu nome possa representar as contribuições ocultas ou perdidas feitas pelas mulheres desprezadas ao longo da história. E, ao dizer seu nome, ao tornar Bona Dea parte da conversa, quem sabe não estejamos, de alguma forma, resgatando essa história.

AME-NO-UZUME

DEUSA JAPONESA

Todo mundo tem aquela amiga que faz a gente rir de chorar e doer a barriga. Aquela pessoa que tenta de tudo para fazer as amigas darem risadas, seja contando uma piada ridícula, improvisando uma imitação do chefe ou fingindo que tropeçou e caiu. A história de Ame-no-Uzume, a deusa xintoísta do amanhecer, da alegria e do regozijo, mostra que sempre vai ter alguém, até mesmo no Japão antigo, que leva a palhaçada a níveis transcendentais.

A tradução do nome "Ame-no-Uzume" é "girar" e ela é a divindade padroeira dos dançarinos. Ela também é a deusa da boa saúde: você pode curar qualquer dor bebendo a água de seu ribeirão. Ela é esfuziante, vibrando com vitalidade e bom humor: o tipo de mulher que pode ser encontrada saltando alegremente na frente de uma turma de *hot yoga*, incentivando todo mundo a fazer piruetas, antes impensáveis, com um sorriso no rosto. Diz-se que seus devotos são abençoados com vidas longas e felizes, nutridos por sua magia, e por isso a deusa é representada muitas vezes por vinhos ou queijos envelhecidos. Álcool, petiscos, danças, hilaridade, todos os ingredientes essenciais de uma festa incrível em um só pacote feminino: como não amar?

A EXTROVERTIDA SALVA O DIA

A personalidade extrovertida de Ame-no-Uzume foi central em sua conquista mais importante: atrair a deusa do sol, Amaterasu, para fora de seu esconderijo em uma caverna. Pode parecer pouca coisa, mas Amaterasu havia brigado com o irmão, Susanoo. Ele andava insultando-a, fazendo picuinha por causa de apostas e desafios, e depois pregando-lhe peças típicas de irmão, incluindo derrubar as cercas dos campos de arroz da irmã. No entanto, esse deus irritante vai longe demais quando joga um cavalo morto e esfolado dentro da sala do tear de sua irmã, não só estragando seus tecidos preciosos, mas também matando um de seus funcionários. Furiosa, Amaterasu entra em uma gruta e se recusa a sair. Como ela leva o sol consigo, o mundo mergulha na escuridão.

A astuta Ame-no-Uzume tem uma ideia para atrair essa divindade com quem o país contava para ter iluminação. Ela pega um balde velho e um espelho e começa a fazer uma dança esquisita do lado de fora da gruta onde a deusa estava escondida. Ela sobe em cima do balde e posiciona o espelho de maneira que a multidão de deuses e deusas reunidos ali possa ver por baixo de sua saia. A plateia quase se engasga de susto: ela não estava usando roupas de baixo! As batidas dos seus pés, no entanto, não são o suficiente para despertar a curiosidade de Amaterasu. Então Uzume vai um pouco mais longe e levanta seu longo quimono, em uma paródia engraçada de um *strip-tease*, deixando os seios à mostra. As divindades todas começam a dar gargalhadas, o que atiça a curiosidade da emburrada deusa do sol, que sai da caverna. Os outros colocam feixes de feno na entrada, cuidadosos, para impedir que ela entre de novo, mas sequer havia necessidade; Amaterasu fica tão envolvida, tanto com a própria imagem brilhante no espelho quanto com a diversão, que decide ficar do lado de fora. Assim, o sol volta a brilhar no céu. O incidente leva Ame-no-Uzume a ganhar apelidos como a Grande Persuasora e Fêmea Celestial Alarmante. Essa maluquice toda nem sequer foi um episódio isolado: em uma história posterior, conta-se que ela aterroriza um monstro ao expor os seios e rir da cara do bicho.

O desejo de viver de Ame-no-Uzume, assim como sua natureza direta, é um dom raro em uma deusa. Junto com sua habilidade quase xamanística de usar a dança como panaceia, tornaram-na multifacetada. Mas ela não é nenhuma idiota sorridente, seu comportamento tem uma razão de ser: ela usa a nudez e o corpo para desorientar. Ao se revelar, ela se torna vulnerável, mas faz isso rindo do mundo e de si mesma: uma manobra política de distração.

> "Sigo sendo uma coisa, e só uma coisa, e essa coisa é um palhaço. O que me põe num patamar muito superior ao de qualquer político."
> — CHARLIE CHAPLIN

Como recompensa por seus esforços, ela se torna líder da Ordem Sarume de dançarinos sagrados, cujos movimentos, diz-se, deram origem à *kagura*, *performance* clássica de mímica e dança que ainda é usada nas cerimônias religiosas xintoístas. Além disso, diz-se que seu balde inspirou os ritmos do *taiko*, e há grupos de percussão que usam seu nome até hoje. As mulheres xamânicas que a seguiam, fazendo práticas divinatórias, eram chamadas de *miko*, uma tradição que persiste, um laço íntegro entre o passado e o presente. A importância dada a Ame-no-Uzume pelos povos antigos do Japão reflete seu respeito pelo divino feminino e pelo poder das mulheres.

Uzume é uma deusa terrestre e telúrica: ela é debochada, charmosa, cabeça aberta e desinibida. Ela traz o entusiasmo, mas também inclui os que são deixados de lado, incentivando os tímidos a dançar. Ela representa o ápice da energia feminina, do êxtase erótico, da entrega e da diversão não adulterada. Com certeza é festeira, porém tem um coração enorme e uma mente estratégica. Uma mulher para inspirar a todas em momentos de insegurança: ou simplesmente quando quisermos fazer nossas amigas sorrirem.

INANNA

DEUSA MESOPOTÂMICA

Também conhecida como
Ishtar
Athtar

Deusa mãe ela não é: Inanna é a mais completa tradução da menina radical e meio assustadora: tem um chicote em uma mão e uma taça na outra. Corajosa, egoísta, exigente, mas muito divertida, ela é o tipo de mulher cujos *posts* nas redes sociais seriam fascinantes, horripilantes e sempre dariam o que falar.

Uma das deusas mais antigas do mundo – a devoção a ela existe há pelo menos sete milênios, provavelmente mais –, Inanna se origina na Suméria, onde é o Iraque hoje em dia, mas seu culto se espalhou pela Acádia, Babilônia e Assíria. Ela depois foi amalgamada a outra deusa, Ishtar (esses nomes são praticamente intercambiáveis), e alguns também a identificam com Vênus e Afrodite. Ela foi uma das divindades mais importantes da mitologia mesopotâmica, representando a guerra e o amor sexual. Como acontece com muitas deusas, alguns de seus atributos são contraditórios. Talvez Inanna tenha sido uma mistura de deusas ainda mais antigas, ou seja, a última a ser criada no panteão, e, por isso, tenha se tornado padroeira do que sobrou: das prostitutas, da chuva, das tavernas, de Vênus, da fertilidade e do espírito esportivo. Ela era representada às vezes com barba, para enfatizar suas características masculinas, e com um pé em cima de um leão, sinalizando sua coragem.

Relatos sobre quem seriam seus pais variam: ela pode ser filha do deus do céu, Na, da deusa da lua, Nanna (Pecado), de Enlil (ou Enki). Em sua versão mais antiga na poesia suméria, ela é representada como uma jovem submissa à sociedade patriarcal. "A descida de Inanna", que alguns acreditam ser o primeiro poema épico do mundo, foi escrito entre 3500 e 1900 a.C., possivelmente até antes. Ele conta a história da jornada de Inanna ao submundo para visitar sua irmã, Ereshkigal, Rainha dos Mortos, que acaba de se tornar viúva. Acompanhada por seu servo Ninshubur, Inanna veste suas melhores roupas e bate à porta do reino. No entanto, sua irmã tranca os sete portões do lugar e só deixa Inanna entrar se ela tirar a coroa, as joias e uma peça de roupa para cada portão, talvez para que ela prove que não está armada. Nua, ela entra no salão do trono, onde é morta pelos juízes do Submundo, e seu cadáver é pendurado em um gancho. Ninshubur, em pânico, corre para o pai de Inanna, que, nesta narrativa, é Enki, e pede ajuda. Enki dá ao servo dois demônios, que retornam com ele ao submundo, onde encontram Ereshkigal se contorcendo em agonia, tal como Enki havia prometido que ocorreria. Eles aliviam sua dor e pedem o cadáver de Inanna em troca. Mas só o recebem com a condição de encontrar outro corpo para ser empalado em seu lugar, com o que eles concordam. Os amigos de Inanna (que incluem sua esteticista, um detalhe charmoso) estão todos de luto, e assim são poupados do destino macabro de a substituir. No entanto, quando volta para casa, Inanna vê seu marido, Dumuzid, relaxando no trono e se divertindo com meninas escravizadas. Furiosa, Inanna o envia para tomar seu lugar no gancho. Essa decisão impulsiva e um tanto rancorosa é típica de Inanna: ela não controla as emoções e faz exatamente o que quer, sem se importar com as consequências.

"Caprichosa, luxuriante e cruel como a Natureza."
— SIMONE DE BEAUVOIR, *O SEGUNDO SEXO*

UMA MULHER DE MUITAS PARTES

Essa determinação de aço brilha em muitas outras histórias. Acredita-se que, até o reinado do rei Hamurabi, da Babilônia, entre 1792 e 1750 a.C., homens e mulheres eram vistos como iguais, e Inanna representa essa igualdade. Uma acumuladora irascível, depois de vencer seu pai em uma competição para ver quem bebe mais, ela rouba os *meh* (as regras da civilização), tornando-se ainda mais poderosa. Ela é tão egoísta que chega a ser hilário. Certa vez, ataca uma montanha e a destrói porque considera sua existência uma ameaça à sua autoridade. Ela é violenta e implacável em sua luta por justiça. Depois de ser estuprada por Sukaletuda, o pior jardineiro do mundo, ela o persegue sem descanso, lançando pragas de sangue na terra e voando pelo céu "como um arco-íris" até o encontrar e matá-lo. Na *Epopeia de Gilgamesh*, escrita entre 2700 e 1400 a.C., Inanna, furiosa, manda um touro para matar o rei Gilgamesh quando ele a rejeita, alegando, com razão, não querer ter uma morte brutal como a que tiveram todos os outros escolhidos por ela como consortes. Essas histórias ilustram a ousadia assertiva dessa deusa, que lança mão de seu poder feminino, de sua sexualidade e de sua agressividade.

Inanna tinha uma relação intrínseca com a sexualidade, especialmente o sexo fora do casamento, e sua devoção refletia o entusiasmo irrefreável da deusa por assuntos carnais. O "casamento sagrado" entre a deusa e Dumuzid era celebrado e evocado em cerimônias sexuais, onde reis e sacerdotisas reconstituíam a união do casal. Os sacerdotes de Ishtar eram tão pouco convencionais quanto a deusa. Na época dos sumérios, os templos de Inanna eram povoados por *gala*: sacerdotes que eram homens, mas adotavam nomes femininos, eram andróginos ou homossexuais. Muitos de seus seguidores também afirmavam que Inanna transformava homens em mulheres. Alguns estudiosos também acreditam que sua devoção incluía a fetichização ritual. Diz-se que, para agradar a essa deusa arquétipo da dominatrix, os seguidores tiravam as roupas, dançavam coreografias e se contorciam no chão, depois copulavam em frenesi orgiástico. Eles eram açoitados e a punição só parava quando gritavam "misericórdia!", o que talvez tenha sido o primeiro exemplo de uma *safe word*, isto é, a palavra-chave que, em práticas sadomasoquistas, sinaliza ao parceiro que basta. Por causa dessa devoção radical, alguns acadêmicos dizem que Inanna foi a primeira proponente do BDSM.

UMA DEUSA CULTURAL

A força de Inanna e seus atributos pouco usuais a tornaram objeto de fascinação tanto na "alta" cultura quanto na "baixa". Ela aparece em livros como o poema narrativo *Ishtar e Izdubar*, de Leonidas Le Cenci Hamilton, de 1884; e recebe atenção no famoso e influente livro *O segundo sexo* (1949), em que Simone de Beauvoir cita Ishtar entre os exemplos de deusas que foram ignoradas em favor de divindades masculinas. É sua recusa em se conformar não só com as expectativas sociais sobre as mulheres, mas também com as expectativas divinas, o que realmente marca seu *status* como marginal, uma figura distanciada de tudo. Ela não tem interesse em casamento, nem em família, nem em agradar às pessoas, e nem em agir com modéstia. Ela é uma guerreira, agressiva e com ambições de dominação. Ela é assertiva sexualmente, exigindo satisfação e amor, e espera a mesma devoção de seus seguidores, apreciando o tipo de louvor que beira a insanidade: talvez seja a própria definição de líder de seita.

Também há algo meio infantil e jubilante no comportamento de Inanna; alguma coisa comicamente mimada no fato de ela poupar os amigos, os servos e até sua esteticista de serem empalados em agonia eterna e condenar seu amante mulherengo e preguiçoso a esse destino. Ela é aquela estrela de *reality show* que rouba a cena, e não deixa de ser eletrizante ver até onde ela pode chegar.

MA'AT

DEUSA EGÍPCIA

Também conhecida como
Maat

Serena rainha dos multitarefas e defensora silenciosa da igualdade de gênero, a deusa Ma'at foi há pouco reconhecida como "pau pra toda obra" do Egito: sem ela, a sociedade teria virado terra sem lei. Representada como mulher jovem, ostentando orgulhosa, na cabeça, uma pena de avestruz, símbolo da verdade, Ma'at é a filha do deus sol Ra, que deu origem a ela por meio da magia de Heka. Ela também era a fiel escudeira de Thoth, o deus da sabedoria. Ma'at representa a ordem que emerge do caos com a criação da Terra.

As mulheres egípcias viviam protegidas por uma constelação de divindades femininas e masculinas; o panteão de deusas egípcias refletia uma relativa paridade entre os gêneros. Aos olhos da lei, as mulheres podiam ser proprietárias, beber álcool, servir em júri, escolher seu parceiro, se casar por amor e ditar seus próprios acordos pré-nupciais. Elas trabalhavam: havia mulheres médicas e até uma minoria de sacerdotisas e escribas. Umas poucas mulheres – Hatshepsut, Nefertiti e Cleópatra – até alcançaram o topo como faraós. Esse equilíbrio entre o masculino e o feminino era importante: os egípcios davam prioridade à harmonia e à ordem cósmica, e esse conceito era representado por Ma'at, uma de suas deusas mais antigas.

CRIANDO A ORDEM A PARTIR DO CAOS

No momento em que o mundo é criado, Ma'at toma as rédeas das estrelas cambiantes, das estações do ano e das ações dos mortais e coloca tudo em seu lugar, determinando seus tempos e dando sentido ao Universo. Ela cria a ordem a partir do caos. Depois da criação, ela passa a representar algo um pouco mais abstrato: os princípios de Ma'at.

Compondo um conjunto de 42 regras para serem seguidas pelos egípcios, esses princípios cobriam a vida familiar, a comunidade mais ampla, a nação como um todo, o meio ambiente e o panteão de deuses. Acredita-se que os Dez Mandamentos judaico-cristãos tenham sido baseados nesses princípios, assim como as doutrinas principais do confucionismo e do taoísmo. O sistema determinava punições adequadas: uma ladra poderia ter suas mãos cortadas, um assassino poderia ser executado. Também tinham alcance até o além-vida.

Os egípcios acreditavam que passavam por um julgamento logo após a morte para saber se chegariam ao paraíso. Os mortos eram embalsamados, mas seus corações eram deixados no corpo, pois tinham de ser pesados na balança de Ma'at, usando, como parâmetro, sua pena – que representava simbolicamente as 42 leis. Exigia-se que os mortos recitassem as 42 doutrinas diante dos 42 deuses que as representavam. Os que haviam se comportado bem iam viver no Campo dos Juncos – o paraíso – com Osíris. Acreditava-se que Ma'at tinha sua própria seção do paraíso, onde abençoava os que haviam vivido segundo seus princípios. O cenário não era muito favorável para quem não havia vivido de acordo com essas regras, no entanto. Seus corações pesados eram comidos por Ammut, um deus com cabeça de crocodilo, corpo de leão e a parte traseira de hipopótamo.

Ma'at não tem a mágica espetacular nem o poder de Ísis, tampouco o *glamour* elegante de Bastet, suas irmãs, que recebem bastante atenção no mundo moderno. Ela só teve um templo – em Karnak – construído em sua honra. E, no entanto, ela era uma engrenagem vital do sistema de divindades egípcio, criando e operando perfeitamente a máquina que mantinha a sociedade nos eixos, isto é, a sua estrutura de 42 regras.

Como acontece com a maioria das mulheres, seu trabalho essencial não era super glamouroso, nem amplamente reconhecido com prêmios, mas sim um trabalho oculto. No entanto, sem ela, a sociedade teria descambado em desordem e falta de leis. Ela pode ter ficado em relativa obscuridade, mas mulheres que hoje em dia têm papéis semelhantes e pouco recompensados estão buscando reconhecimento.

> "Poucas coisas são levadas a um resultado bem-sucedido pelo desejo impetuoso, mas sim, a maioria, pela consideração prévia com calma e prudência."
> — TUCÍDIDES

Em 2017, a jornalista estadunidense Gemma Hartley usou a expressão "trabalho emocional" para descrever o tipo de "administração da vida" que muitas mulheres assumem. Organizar viagens, planejar refeições, separar dinheiro para as excursões da escola, comprar presentes ou lembrar os familiares das tarefas que tinham de fazer: tudo isso são incumbências que os outros muitas vezes tacham de cobranças. É um tipo de trabalho sem compensação e oculto, que mantém a família funcionando, mas deixa as mulheres exaustas e cheias de ressentimento, e muitas vezes cai nas costas delas que já trabalham "fora". Pensando nessa responsabilidade em escala bem maior, no nível de Ma'at, manter o Universo em ordem deve exigir uma quantidade absurda de braçadas frenéticas na água, mas Ma'at sempre tem o semblante sereno.

Além disso, suas habilidades de organização definiram os princípios de relativa igualdade da sociedade egípcia. Ma'at apoiava suas irmãs, fazendo pressão para que houvesse paridade, garantindo que sua presença e seus esforços fossem respeitados. Sua influência poderosa tanto sobre o sistema legal quanto sobre os costumes sociais garantiu que as mulheres fossem tratadas com respeito, e que lhes fosse permitido certo grau de independência. É possível ver características de Ma'at nas advogadas feministas modernas, como a desbravadora da igualdade de gênero estadunidense Ruth Bader Ginsburg e sua compatriota Gloria Allred. Essas mulheres têm objetivos definidos, são metódicas e preferem defender suas causas por meio de processos silenciosos em vez de lutar nas ruas. Nisso, elas talvez se inspirem em Ma'at, que era meio ativista meio legisladora, com um ego muito diminuto: ela nunca buscava a fama. Sua humildade, ética de trabalho e solidariedade baseada em princípios continuam a inspirar pessoas até hoje.

LIỄU HẠNH

DEUSA VIETNAMITA

Também conhecida como
Vân Cát
Giáng Tiên

A ascensão da princesa Liễu Hạnh de figura histórica a deusa com devotos em todo o mundo é uma tradução do anseio das mulheres de ter um exemplo de conduta que não se conforme às normas da sociedade. A sua história também ilustra a necessidade que toda mulher tem de alguém que torça por ela; neste caso, uma escritora feminista que, ao reformular a história da princesa, elevou a deusa de heroína *cult* a megaestrela internacional.

Estima-se que Liễu Hạnh tenha aparecido pela primeira vez no século XVI como um dos Quatro Imortais do thânismo, religião nativa do Vietnã, praticada principalmente na região do rio Vermelho; além de ela ser um ícone central no culto da deusa mãe Đạo Mẫu. A prática religiosa em torno de Liễu Hạnh, que envolve médiuns espirituais, danças e transes, sobreviveu à repressão do regime comunista e ela agora é mais popular do que nunca.

Acredita-se que a personagem Liễu Hạnh tenha se baseado em uma pessoa real; a especulação sobre quem ela teria sido vai desde uma filha dedicada, uma dona de

taverna, uma comerciante, ou até uma prostituta. No entanto, o *Vân Cát Thần Nữ Truyện* (A história da deusa Vân Cát), do século XVIII, contém a versão mais conhecida de sua história. Foi escrito por Đoàn Thị Điểm, uma mulher autora, o que era incomum na época. A caprichosa e artística princesa Liễu Hạnh teve muitas vidas na Terra, mas a primeira, segundo Thị Điểm, foi em 1557, e começou de forma dramática. O pai dela, Lê Thái Công, estava andando para cima e para baixo, ansioso pelo nascimento da filha depois de muita espera. Ele estava preocupado, pois sua esposa grávida estava doente e ninguém parecia conseguir ajudar. Então, quando um homem chega aos portões da vila onde moravam e alega conhecer uma cura, Thái Công faz questão de deixar que ele entre. Quando os dois ficam sozinhos no recinto, o homem pega um martelo gigante de jade e o bate no chão, o que faz Thái Công desmaiar.

VISÕES

Ainda desacordado, Thái Công tem uma visão na qual ele estava dentro do palácio do rei do paraíso, o Imperador de Jade, observando a princesa segurando uma delicada xícara de jade. Ela derruba a xícara, que se estilhaça, e então é expulsa do palácio pelo pai furioso. Abruptamente, Thái Công acorda e descobre que, enquanto estava inconsciente, a filha havia nascido. Com sua visão em mente, ele dá a ela o nome de Giáng Tién ("Fada descendente"), como a princesa do palácio. Sua filha cresce e se torna uma mulher bondosa, que ama poesia e cantar. Ela se casa e tem dois filhos, mas, infelizmente, sua vida é curta: ela morre aos 21 anos.

Ao morrer, Giáng Tién ascende de volta ao palácio celestial: a visão de seu pai não tinha sido só um sonho; ela não era mortal, mas sim uma divindade! Seu nome era princesa Liễu Hạnh e ela era filha do Imperador de Jade. No entanto, como sente falta de sua vida na Terra, ela volta e perambula pelo mundo executando punições e bênçãos e vivendo por mais tempo do que sua família humana. Depois, ela tem outro filho com um jovem estudante, mas, de novo, deixa a família e volta para o paraíso. Porém, sente saudades mais uma vez, e mais uma vez retorna para o reino mortal.

Desta vez, ela desce à vila de Vân Cát junto com dois espíritos amigos, Que e Thi. Lá, ela se torna uma espécie de chefe, abençoando os bons e punindo os maus. O número de seus seguidores começa a crescer e os aldeões constroem um templo para ela. No entanto, a dinastia reinante, dos Canh Tri, a considera uma influência maligna e acaba usando seus exércitos e magos para derrubar o templo. Pouco depois, uma praga misteriosa destrói todos os animais da região. Por sorte, a princesa está por

"Hoje em dia, o culto à deusa é considerado uma engrenagem vital na indústria do turismo [...]. Sua fama se espalhou pela diáspora vietnamita mais ampla, e cerimônias ocorrem regularmente nos Estados Unidos, na Itália e na Austrália. Milhões celebram agora o aniversário de morte da Deusa Mãe, que acontece no terceiro mês lunar."

perto nessa hora e ressuscita os animais, sob a condição de que seu templo seja reconstruído. A dinastia, aterrorizada, não só reconstrói o templo rapidamente, mas, em uma enorme reviravolta, declara que a princesa é "sobrenatural e extraordinária" e lhe dá um novo título: Mã Hoàng Công Chúa (Princesa a Quem se Faz Sacrifícios como ao Deus da Guerra). A devoção a Liễu Hạnh é incorporada à religião da deusa mãe, Đạo Mẫu, que venera figuras femininas. Acredita-se que essa religião tenha se popularizado pelas comerciantes ricas da região – lugares que serviam predominantemente a soldados – e é a natureza dessas devotas que talvez dê pistas sobre a origem de Liễu Hạnh na vida real.

Acredita-se que essas histórias, pelo fato de terem sido registradas pela escritora Đoàn Thị Điểm, reflitam as próprias paixões e a vida da autora. Ela era uma feminista de carteirinha e retratou a princesa como uma mulher que gostava de competir intelectualmente com os homens e escolher seu próprio caminho. A escritora também escolheu a dedo, de forma muito estratégica, alguns elementos das religiões taoísta e budista. Seus contos constituem a base da devoção moderna a Liễu Hạnh.

AFINADA COM O MUNDO MODERNO

Mulheres (e homens) da classe trabalhadora facilmente se identificam tanto com as histórias reescritas quanto com o culto a Đạo Mẫu. O *Lên dong* estava, e ainda está, entre essas práticas religiosas. Essa forma de devoção inclui médiuns espirituais entrando em transe provocado por cantos, danças, costumes e, principalmente, música. Seus seguidores fazem oferendas que hoje em dia incluem cigarros e representações em papel de bens materiais mundanos, desde televisores de tela plana até bolsas de marca. Proibida (sem muito sucesso) sob sucessivas dinastias desde o final do século XVII, a religião se tornou totalmente ilegal em 1945 pelos líderes comunistas, que a viam como bobagem supersticiosa e antiquada. No entanto, o culto simplesmente passou a ocorrer às escondidas, e as pessoas faziam sua devoção em altares privados em suas casas ou organizavam sessões secretas de culto. No final dos anos 1980, os governos comunistas percebem o poder que a história cultural tem de unir e inspirar as pessoas. As regras são relaxadas e Liễu Hạnh retorna! Hoje em dia, o culto à deusa é considerado uma engrenagem vital na indústria do turismo, e os jovens celebram seus poderes xamânicos e a sorte trazida por ela enquanto sorvem a história de seu país. Sua fama se espalhou pela diáspora vietnamita mais ampla, e cerimônias ocorrem regularmente nos Estados Unidos, na Itália e na Austrália. Milhões celebram agora o aniversário de morte da Deusa Mãe, que acontece no terceiro mês lunar.

Liễu Hạnh trilhou uma caminho fascinante até se tornar divindade, uma figura histórica amalgamada ao mito que atrai principalmente as mulheres e se torna parte integral da cultura religiosa, graças aos seus persistentes devotos. Mesmo que um ponto de seu conto tenha sido aumentado por uma escritora feminista com segundas intenções, não é de admirar que Liễu Hạnh seja tão popular.

MAMAN BRIGITTE

DEUSA DO VODU

Também conhecida como
Grann Brigitte
Manman Brigit
Manman Brijit

Se você está procurando uma deusa esvoaçante, onírica, cativante, melhor virar a página. Este ícone *sexy* do vodu dança *banda* como se ninguém estivesse vendo, bebe rum com infusão de pimentas e fala impropérios como um bandido. Meninas más com bom coração certamente se inspirarão na Maman Brigitte.

Maman Brigitte e seu marido, Barão Samedi, são os *loas* da morte do vodu: podem ser encontrados flutuando pelos cemitérios e bares do Haiti e dos estados sulistas dos Estados Unidos. Na primeira lápide dos cemitérios haitianos, entalha-se cerimonialmente o desenho de uma cruz que pertence a Brigitte. Ela protege as covas e os jazigos que têm essa marca.

Esses guardiães da morte têm uma aparência marcante. Usam roupas no estilo *steampunk*: ela gosta de um decote vitoriano, vestidos pretos e roxos e véus, e ele usa uma distinta cartola, um fraque, óculos escuros, várias joias e crucifixos pesados no pescoço e o rosto pintado como caveira. Eles compartilham garrafas de rum picante e ambos são desbocados, falando palavrões, contando piadas sujas e gargalhando. Resumindo, eles parecem ser muito divertidos.

Os cabelos vermelho-acobreados, os olhos verdes e a pele clara marcam Brigitte como um dos pouquíssimos *loas* brancos. Sua aparência se deve às raízes irlandesas de sua ancestral, Brígida (ver página 186). A maioria dos outros *loas* da religião vodu tem origem nos deuses dos africanos escravizados ou foram criados por meio do sincretismo de ícones negros de outras religiões (ver "Erzulie Dantor e Erzulie Freda", página 190), mas Maman Brigitte chega às plantações haitianas por outras vias: nos bolsos e corações das mulheres que são mandadas da Irlanda e da Escócia para lá nos séculos XVIII e XIX. Elas eram enviadas às plantações como mão de obra forçada ou como forma de punição por "prostituição", o que, na época, poderia significar ter engravidado por estupro ou simplesmente ficar de mãos dadas com um garoto. Essas jovens levavam consigo "bonequinhas Bridie", que eram representações em miniatura da amada Santa Brígida, para reconfortá-las em sua longa jornada rumo ao desconhecido, e se acredita que elas tenham sido as predecessoras das bonecas de vodu. À medida que as meninas se misturavam aos escravizados trazidos da África, Brígida também passava a integrar o panteão dos *loas* vodu como mãe da família Ghede, o grupo de espíritos ancestrais que fica em algum lugar entre o panteão africano tradicional Rada e os novos *loas* Petro, que surgiram no caldeirão da nova vida dos africanos nas plantações.

DE CISNE BRANCO A GALO NEGRO

Como muitas das mulheres que a levaram consigo, para sobreviver em seu novo lar, Brígida teve de vestir uma máscara mais dura, mais obscura. O cisne branco, que era seu símbolo, se torna um galo negro, sua preferência pelas fiandeiras é transferida aos apostadores e sua castidade se transforma em habilidade de dançar *banda* de modo *sexy* e de fazer comentários lascivos de duplo sentido. No entanto, muitas semelhanças permanecem: suas cruzes, que ainda são feitas de junco na Irlanda, reverberam nos símbolos das lápides; o fogo mantém-se parte importante da devoção e seu festival ainda é celebrado no início de fevereiro, no Imbolc.

Maman Brigitte não deixa de ter um lado prático e cuidador. Curandeira, chamada quando algum seguidor tem uma doença persistente ou precisa de alguma cura radical, ela às vezes tem de tomar a difícil decisão de deixar que a pessoa morra, conduzindo-a de forma delicada à vida além-túmulo. Ela também resgata as almas dos mortos recentes e as transforma em membros de sua alegre e boêmia família Ghede. Esse grupo de almas parece se divertir muito, bebendo, fazendo sexo, dançando e xingando. Eles estão mortos, então não há punição por mau comportamento e não existe vergonha. Eles fazem a morte parecer uma eterna festa, uma festa da qual Maman Brigitte é a anfitriã bêbada e sorridente.

Na sociedade ocidental, a mortalidade é um tabu, e só se fala disso aos sussurros, em corredores assépticos, ou às escondidas. Agentes funerários

> "Beba e dance e ria e minta. Ame, depois da cambaleante meia-noite. Pois amanhã morreremos! (Ao fim, nunca morremos)."
> — DOROTHY PARKER

envolvem a morte em eufemismos enquanto os caixões fazem sua última jornada por trás de cortinas de poliéster. O jeitão direto de Brigitte é outra coisa, e não deixa de ser um refresco: ela não tem tempo para dar bola a rapapés neste ou no outro mundo. Ela é direta, porém empática, e faz a ponte entre a vida e a morte. Ela vive no espaço fronteiriço do cemitério, conduzindo as almas à próxima etapa, ao lembrar e nomear os ancestrais; olhando para trás e para a frente ao mesmo tempo. Brigitte pode ter uma aparência intimidadora, pode se comportar de forma meio chucra, mas tem profunda compaixão e um bom coração, e nos lembra de que nem sempre as meninas boas usam branco.

Essa aparência e postura marcantes tornam Brigitte e seu amado, Barão, personagens populares em séries de TV, filmes e videogames. A presença de seu marido em um trem tanto no livro quanto no filme de James Bond *Viva e deixe morrer* é icônica; ele aparece também em *Os farsantes*, de Graham Greene, e seu sósia, o vilão Doctor Facilier, aparece no filme da Disney *A princesa e o sapo*. Maman Brigitte também inspira artistas: a menção mais famosa é feita por Beyoncé, que a encarna no clipe de "Formation", filmado em Nova Orleans, pós-furacão Katrina.

No entanto, é surpreendente que Maman Brigitte não seja mais popular como ícone. Ela é aquela criatura rara: uma deusa que é mais mortal do que os humanos mais telúricos. Seu comportamento desinibido faz contraste gritante com a aura virginal de sua ancestral, Brígida. É fascinante imaginar essa dupla saindo por aí, juntas. Que belo par elas fariam – a inocente Brígida seduzida pelas luzes e música do local, e sua irmã levando-a para as profundezas escuras, dançando junto – contrastando o *yin* e o *yang* da mesma deusa compassiva e facilitadora, e girando, girando, borrando as cores até se tornarem indistintamente cinza.

GLOSSÁRIO

Caçada selvagem
História comum no folclore de toda a Europa. Dizia-se que havia uma caçada selvagem galopando pelo céu. Na cultura nórdica, Odin liderava um grupo de espíritos de guerreiros mortos; na Alemanha, Pehta liderava um pelotão maluco de fantasmas, criaturas selvagens e cães; enquanto na Inglaterra, Herne, o Caçador, levava abaixo o parque Richmond. A caçada tem relação próxima com o inverno, os mortos e o submundo. Ver: Pehta.

Crioulização
A mistura de povos e culturas que se tornam um só. Originalmente um conceito caribenho, foi usado a partir do século XVI para descrever a mescla de pessoas de muitos países, religiões e históricos diferentes por causa do comércio de escravizados. Muitas religiões populares no Haiti, em Cuba, em Trinidad e no Brasil são descritas como crioulas: uma mistura de símbolos, doutrinas e cerimônias da África e da Europa. Ver: Mami Wata.

Ctônicos
Os deuses do submundo. O termo é usado principalmente para se referir a crenças dos gregos antigos. Ver: Hécate.

Deusa tríplice
Uma divindade composta de três figuras e encontrada em diversas culturas por todo o mundo. Descrita muitas vezes em termos de "donzela, mãe e anciã", acredita-se que os três aspectos representem o ciclo de começo, meio e fim do ano, as fases da lua e, mais literalmente, o ciclo de vida de uma mulher. Ver: Morgana, Pehta, Hela e Mari.

Encruzilhada
Lugar onde dois caminhos se cruzam. Acredita-se, em muitas culturas do mundo todo, que esse é um lugar onde as barreiras entre o mundo espiritual e o terreno ficam mais tênues. O véu fica ainda mais tênue entre o pôr do sol e a alvorada, ou quando muda a estação do ano. Muitas culturas acreditam que são locais de azar, onde o mal espreita. Ver: Hécate, Cihuateteo e La Llorona.

Movimento das deusas
Ocorreu um crescimento no interesse por figuras femininas religiosas e em sua análise em paralelo com o crescimento do feminismo. Algumas mulheres (e homens) decidiram – e ainda o fazem – reavivar antigas religiões encabeçadas por figuras femininas, e daí vem o termo "movimento das deusas".

Psicopompo
Uma criatura, espírito ou divindade cuja tarefa é acompanhar almas recém-falecidas desde a Terra ao além-vida. Ver: Pehta e Morrigan.

Sagrado feminino
O conceito de que os deuses e a consciência humana não são nem machos nem fêmeas, mas sim uma essência equilibrada dos dois, uma interdependência, simbolizada por *yin* e *yang*. O sagrado (ou divino) feminino é o aspecto associado às características tradicionalmente femininas: criação, intuição, comunidade, sensualidade e colaboração.

Sincretismo
A mistura ou a tentativa de misturar religiões, que às vezes resulta em um novo sistema de crenças. Costuma ocorrer quando um povo com determinada religião é conquistado por outro, com outra religião e suas ideias são absorvidas pela crença dominante, mas não totalmente erradicadas. Ver: Erzulie Dantor, Erzulie Freda e Maman Brigitte.

Tuatha Dé Danann
Raça sobrenatural que é o centro da mitologia irlandesa e tem poderes especiais. Muitos acreditam que eles tenham sido os deuses e deusas originalmente venerados no país e que foram transformados em contos de fadas por escritores cristãos. Ver: Banshee e Brígida.

Yokai
Panteão de fantasmas, monstros e demônios japoneses. Não necessariamente malignos, eles têm forma de animais, humanos ou objetos inanimados. Ver: Futakuchi-onna.

OUTRAS LEITURAS

ALLIONE, L. *Wisdom Rising: Journey into the Mandala of the Empowered Feminine.* Nova York: Atria/Enliven Books, 2018.
ANÔNIMO. *Mabinogion: relatos galeses.* Madri: Editora Nacional, 1982.
BEARD, M. *Mujeres y poder: un manifiesto.* Barcelona: Planeta, 2018.
CIXOUS, H. *La risa de la medusa: ensayos sobre la escritura.* Barcelona: Antrophos, 2001.
DE ESMIRNA, Q. *Posthoméricas.* Madri: Gredos, 2004.
ÉSQUILO. "Agamenón", *Aulico files*, 2008 [on-line].
_____. "Las Euménides", *Caja de jubilaciones y pensiones bancarias* [on-line].
_____. "Orestíada", *La de literatura* [on-line].
EURÍPIDES. *Las Troyanas.* Madri: Gredos, 1995.
FONTENROSE, J. *The Delphic Oracle, Its Responses and Operations.* Oakland: University of California Press, 2000.
GINSBERG, A. *Aullido.* Barcelona: Anagrama, 2006.
HOMERO. *Odisea.* Madri: Planeta, 2010.
JUVENAL. *Sátiras.* Madri: Alianza (Grupo Anaya), 2010.
MARLOWE, C. *Doctor Fausto.* Madri: Fundación Siglo de Oro, 2012.
MILLER, M. *Circe.* Madri: Planeta, 2018.
NIGHTINGALE, F. *Cassandra: An Essay.* Nova York: Feminist Press (The City University of New York), 1979.
PARKER, D. *Los poemas perdidos.* Madri: Nórdica, 2018.

BIBLIOGRAFIA DAS CITAÇÕES

BEAUVOIR, S. de. *O segundo sexo*. Rio de Janeiro: Nova Fronteira, 2020.
BRADBURY, R. "Ray Bradbury: The Art of Fiction n. 203".
  The Paris Review, 2010.
BRÖNTE, C. *Jane Eyre*. Rio de Janeiro: Zahar, 2018.
CHANDLER, R. *Farewell, My Lovely*. Londres: Penguin Random
  House, 1940.
HOLLANDER, L. "The Song of the Valkyries (Darra Tharlioth)",
  Sacred Texts.
HOMERO. *La ilíada*. Madri: Gredos, 1991.
MURDOCH, I. *The Sea, The Sea*. Londres: Penguin Random House, 2001.
NGOZI, C. *Sejamos todos feministas*. São Paulo: Companhia das Letras, 2015.
NIN, A. *The Four-Chambered Heart*. Nova York: Duell,
  Sloan and Pearce, 1950.
PAZ, O. "Máscaras mexicanas", em: *El laberinto de la soledad*. Madri:
  Cátedra, 1993.
PINKOLA, C. *Mulheres que correm com os lobos*. São Paulo: Rocco, 2018.
STEINBECK, J. *The Acts of King Arthur and His Noble Knights*. Londres:
  Penguin Random House, 2001.
STEINBECK, J. *Al este del Edén*. Barcelona: Planeta, 2015.
STÚRLUSON, S. *Edda Menor*. Barcelona: Alianza (Grupo Anaya), 2016.

PLAYLIST DAS MULHERES MITOLÓGICAS

O livro menciona músicas o tempo todo. Esta *playlist* tem algumas que foram diretamente mencionadas, além de músicas que me inspiram, e outras canções sobre deusas, espíritos e monstros. Visite tinyurl.com/mythologicalwomen.

1. "The Witch", The Rattles
2. "Isis", Bob Dylan
3. "Abre camino", Death Valley Girls
4. "Rhiannon", Fleetwood Mac
5. "Isis", Yeah Yeah Yeahs
6. "Oh Bondage, Up Yours!", X-Ray Spex
7. "Má vlast (My Country): n. 3, Šárka", Bedřich Smetana, Polish National Radio Symphony Orchestra, Antoni Wit
8. "Venus", Shocking Blue
9. "Awful Sound (Oh Eurydice)", Arcade Fire
10. "Persephone", Cocteau Twins
11. "Caught a Lite Sneeze", Tori Amos
12. "Aurora", Björk
13. "La Llorona", Lila Downs, Mariachi Juvenil de Tecalitlán
14. "Agamemnon", Violent Femmes
15. "Silkie", Joan Báez
16. "White Blindness", The Hare and Hoofe
17. "Calypso", Suzanne Vega
18. "Scheherazade Op. 35: IV. The Festival of Baghdad, The Sea, The Ship Goes to Places on a Rock Surmounted by a Bronze Warrior", Nicolai Rimsky-Korsakov, Pelin Halkaci Alkin, Sascha Goetzel, Borusan Istanbul Philarmonic Orchestra
19. "Venus as a Boy", Björk
20. "Jezebel", Frankie Laine
21. "The White Hare", Seth Lakeman
22. "Pandora's Golden Heebie Jeebies", The Association
23. "Jezebel", Dizzee Rascal
24. "Blind Goddess of the Nine Plagues", Loviatar
25. "Black Forest (Lorelei)", Mercury Rev
26. "Pandora's Box", Procul Harum
27. "Cihuateteo", Bird Eater

AGRADECIMENTOS E BIOGRAFIA DAS AUTORAS

Este livro é para minha mãe e meu pai.
Com amor para: Jeff, Dusty e Arthur.

Agradeço imensamente a: Aruna Vasudevan por sua torcida, por me dar apoio, por seu trabalho intenso e sua habilidade meticulosa como editora. Harriet Lee Merrion por suas ilustrações lindas e sensíveis, que deram vida ao livro. Philippa Wilkinson da White Lion por acreditar na ideia e me colocar no caminho certo. Julia Shone, Emma Harverson e Paileen Currie, também da White Lion. Juliet Pickering e Hattie Grünewald da Blake Friedmann pelo agenciamento excelente. Resham Naqvi e Daisy Way da Blake Friedmann por serem ninjas das burocracias. Guri e Elisabeth por detalhes sobre as culturas escandinava e sámi. Esther Brownsmith da Mostly Dead Languages por suas traduções do Ciclo de Baal. Christina Griffiths pelo MacBook.

KATE HODGES é jornalista e escritora. Foi editora da *The Face*, vice-editora da *Bizarre Magazine* e trabalhou nas equipes de *Just Seventeen*, *Smash Hits*, *The Green Parent* e *Sky Magazine*, assim como na equipe da Rapido TV, que fez *Eurotrash*. Alguns de seus livros são *Little London* (2014), *London in an Hour* (2016), *Rural London* (2017) e *I Know a Woman* (2018). Ela é musicista e toca nas bandas *cult* Ye Nuns e The Hare and Hoofe. Mora em St Leonards-on-Sea, Inglaterra, com seus dois filhos, Arthur e Dusty.

HARRIET LEE-MERRION é uma ilustradora premiada, radicada em Bristol, no sudeste da Inglaterra. Seu trabalho foi publicado no mundo todo e participou de exposições em Nova York, Londres e Berlim. Ela fez ilustrações para diversos clientes, como a British Library, Condé Nast, *The Guardian*, *The Washington Post* e *The New York Times*.

Título original: *Warriors, Witches, Women*

Publicado originalmente por White Lion Publishing, um selo The Quarto Group
© 2020, do texto: Kate Hodges
© 2020, das ilustrações: Harriet Lee-Merion
Desenhado por Paileen Currie
© 2022, da tradução: Maíra Mendes Galvão

© 2022, Livros da Raposa Vermelha, para a presente edição
www.livrosdaraposavermelha.com.br

Direção editorial: Fernando Diego García
Direção de arte: Sebastián García Schnetzer
Acompanhamento editorial: Fabiana Werneck
Preparação: Leonardo Ortiz Matos
Revisões: Ana Caperuto e Marisa Rosa Teixeira

ISBN: 978-65-86563-25-2

Dados Internacionais de Catalogação na Publicação (CIP)
(Câmara Brasileira do Livro, SP, Brasil)

Hodges, Kate
Bruxas, guerreiras, deusas : as mulheres mais poderosas da mitologia / Kate Hodges ; ilustrações de Harriet Lee-Merrion ; tradução Maíra Mendes Galvão. – Ubatuba, SP : Livros da Raposa Vermelha, 2022.

Título original: Warriors, witches, women : mythology's fiercest females
Bibliografia.

ISBN 978-65-86563-25-2

1. Deusas 2. Mulheres - Mitologia 3. Mulheres na literatura
I. Lee-Merrion, Harriet. II. Título.

22-132823   CDD-291.211

Índices para catálogo sistemático:
1. Mulheres : Mitologia 291.211
Cibele Maria Dias - Bibliotecária - CRB-8/9427

Primeira edição: novembro 2022

Impresso na Malásia

Todos os direitos reservados. A reprodução não autorizada desta publicação, no todo ou em parte, constitui violação de direitos autorais. (Lei 9.610/98)